メイエルホリドな、余りにメイエルホリドな

伊藤俊也

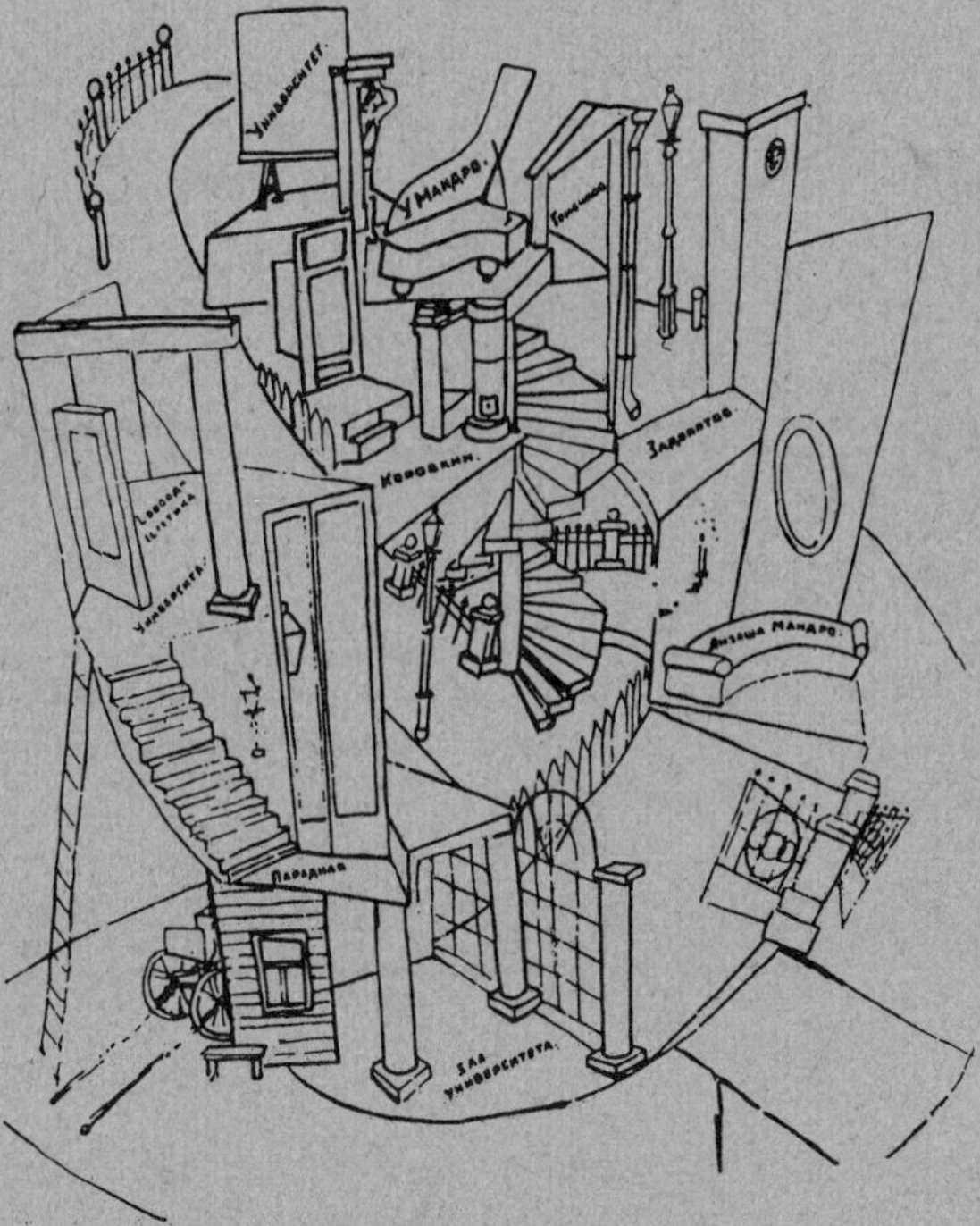

れんが書房新社

メイエルホリドな、余りにメイエルホリドな＊目次

第一幕……13
第二幕……61
第三幕……104
*
引用及び主要参考文献……145

メイエルホリドな、余りにメイエルホリドな

——三幕（幕の有る無しを問わず）

［登場人物］

メイエルホリド（フセーヴォロト・エミーリエヴィチ）　本編の主人公。演出家。

＊

ジナイーダ・ライヒ　メイエルホリドの後の妻。女優。
オリガ・ムント　メイエルホリドの先の妻。三人の娘の母。

＊

マヤコフスキイ　詩人。劇「ミステリア・ブッフ」「南京虫」「風呂」の作者。
ショスタコーヴィチ　作曲家。ピアニスト兼「南京虫」の作曲家として。

＊

ルナチャルスキイ　文芸批評家。革命後最初の文部大臣。
ブローク　詩人。劇「見世物小屋」の作者。
イヴネフ　詩人。
アリトマン　画家。
エイゼンシテイン　未来の映画監督。
ユトケーヴィチ　同
エック　同

＊

ダンチェンコ　劇作家、演出家。スタニスラフスキイと共にモスクワ芸術座の創始者。
テリャコフスキイ　帝室劇場支配人。

マリア・サーヴィナ　アレクサンドリンスキイ劇場女優。
ロマン・アポロンスキイ　同　男優。
男優　1、2、3　同

＊

コミッサルジェフスカヤ（ヴェーラ）　女優。主宰劇団を持つ。
コロンビーナ（コロンビーヌ）役　同劇団員。
アルレキン（アルレッキーノ）役　同
作者役　同
神秘会会長及び会員1、2、3　同

＊

ユーリイ・ユーリエフ　「仮面舞踏会」主演男優。
ニーナ役　「　同　」主演女優。

＊

イリインスキイ（イーゴリ）　メイエルホリド劇場男優。「堂々たるコキュ」ほか。
ババーノワ（イリヤ）　同　女優。「　同　」ほか。
ガーリン（エラスト）　同　男優。「委任状」ほか。
チャープキナ（エレーナ）　同　女優。「　同　」ほか。
セレブリャンニコワ（ナターリヤ）　同　女優。「　同　」ほか。
シトラウフ（マクシム）　同　男優。「風呂」ほか。
ベリヴェドンスキイ役　同　男優。「風呂」。
ノーチキン役　同　男優。　同

アンダートン役　同　女優。同
演出家役　同　男優。同
イヴァノヴィチ役　同　男優。同
メザリヤンソヴァ役　同　女優。同
オプチミスチェンコ役　同　男優。同
チュダコフ役　同　男優。同
ウォスキン役　同　男優。同
ヴェロシペーキン役　同　男優。同
ドヴォイキン役　同　男優。同

＊

ゲルマン役　オペラ「スペードの女王」の歌手。
リーザ役　同
伯爵夫人の亡霊　同

＊

クニッペル（オリガ）　モスクワ芸術座劇団員女優。後にチェーホフの妻。
ロクサーノワ　同　女優。
他の「かもめ」出演者たち　同

＊

サプノフ　美術家。「タンタジールの死」担当。
スジェイキン　同　同
デニーソフ　同

ウリャーノフ　同
俳優1、2、3　演劇スタジオ員。

＊

サロンの客1〜6
記者たち1〜5
若い訪問者A、B　刺客。
看守、獄卒たち

＊

批評家ベヌア　コロス隊の兼務。
　同　クーゲリ　同
「ミステリア・ブッフ」朗誦者　同
案内役のクニッペル　同
コロス隊　他に、多くの役の兼務もあり得る。

＊

ヴェロニカ・ポロンスカヤ　マヤコフスキイの恋人。モスクワ芸術座女優。
リーリヤ・ブリーク　マヤコフスキイの〈宿命の女〉。
他の女たち

＊

タチアナ　メイエルホリドの次女。
マリア　その娘。
少女時代の長女マリア、次女タチアナ、三女イリーナ

＊

謎の男　「仮面舞踏会」「スペードの女王」等で登場。

＊

チェーホフ（アントン）　作家、劇作家。「かもめ」の作者。

＊

スタニスラフスキイ（コンスタンチン）　演出家、俳優。モスクワ芸術座の創始者。

＊

コロスの長　本編の狂言回し、時に解説者、時に指揮者。

第一幕

（1）

額縁舞台を避け、古来本来のプロセニアムとしての舞台が客席に向って広く迫り出して（作られて）いる。

幕は（あるとして）上がり、舞台前面には演壇があるのみ。

場内明るいままに、中央通路を後部の扉から入ってくる人物。

ぱらぱらと起る拍手に、客席の殆どがその人物を認知するところとなる。

場内ライトも焦点を結び始める。

この人物こそ、本編の主人公フセーヴォロト・エミーリエヴィチ・メイエルホリド（晩年の姿）である。

当然、拍手は場内に満ち、功成り名遂げた人物としての貫禄は辺りに威風を放ち、その拍手に手を

挙げて応えつつ、彼は壇上に向う。拍手さらに高まったところへ、
「待った、待った！」と声。
コロスの長を先頭にコロス隊の登場。

コロスの長　ちょっと待った！　皆さん、ここは拍手なんかする場合じゃないですぞ。拍手大喝采は、今を過ぎること十六年前、革命成った国家から栄えあるロシア共和国人民芸術家の称号を与えられた時のこと。今や打って変ってフセーヴォロト・エミーリエヴィチ・メイエルホリドは窮地も窮地、社会主義リアリズムの敵、人民の敵として非難囂々《ごうごう》、四面楚歌の中にいる。今日は自己弁明最後の機会、全ソ演出家会議の場に臨んでいかに自己批判するか、いかに過去の過ちを認めるかに国家権力は耳を欹《そばだ》てている。下世話に言えば、今日の演説の出来不出来、いや国家に頭を下げ忠誠を誓うかどうか、その返答一つで運命は定まるというわけですぞ。諸君らも篤《とく》とご覧あれ！

〈全ソ演出家会議1939・6・15〉の横断幕が降りてくる。
この間に登壇するメイエルホリド。演説を始める。

メイエルホリド　この会議に参加するよう招待してくださった第一回全ソ演出家会議の組織者に、心より謝意を表明します。ここ一年の間に私に向けて加えられてきたあまたの批判に対して、このように演壇に立ち、公の場で自己の態度、自己の創造原理を明らかにする機会を与え

て下さったことに感謝します。私は、自分がソビエトの一連の若き演出家たちに悪影響を及ぼし、それによってソビエト演劇のなかに〈メイエルホリド主義〉なるうがった名称をおびた遺憾この上ない有害な現象を生み出した元凶だと、激しい非難をあびせられてきました。私にとって痛恨のきわみは、私の創造形式のみを模倣し、それを歪め俗流化するばかりで、私の創造原理に近づこうとすら試みず、理念を歪曲し、私の芸術上の目的に達しえない、あまたの無能で無教養な演出家たちに対して、十二分に積極的かつ根本的な反対を実際に表明しなかったことにあります。そしてもし諸君がこれらの演出家たちのみすぼらしい創作を〈メイエルホリド主義〉と呼ぶのであれば、私ことメイエルホリドは〈メイエルホリド主義〉に断固反対を表明するでありましょう。第二に、私は古典を歪曲したとして厳しく非難されております。すなわち、ゴーゴリ、グリボエードフ、オストロフスキイの不朽の名作に対して許しがたき実験を試みたというのです。たしかに、そのいくつかの上演にさいして私は、法外な実験を試みることを辞さず、自身の想像力に自由をあたえるあまり、あつかっている素材そのものの芸術的価値が、私がその素材に付け加えうるであろう一切のものよりもつねに高いことを忘れることがまありました。しかしこれらすべては、私の『森林』や『椿姫』には当てはまりません。私は、これらの芝居がすぐれたものであったと確信しており、私がそこにもちこんだものにしても、それらは芝居の内容や思想をいっそうソビエトの観客に分かりやすくし、芝居をいっそう興味深く魅力あるものにするためのものであったにすぎません。最後、つまり第三に、私は、自分が形式主義者《フォルマリスト》であり、その創造において新しい独創的な形式を追い求めるばかりで、内容をないがしろにしているとして非難されております。しかしこのような告発には、部分的にしか同意するわけにはまいりません。（静かに冷静を装って始めたものの、段々に興奮の度が増してくる）はたして芸術家には、実験の権利がないのでしょうか？　はたして芸術家は自己の創造理念を——たとえそれが誤ったものであったにせよ——実験で試しうる精神の自由をもちあわせていないのでしょうか？　私の努力の一切は、その内容にとって有機的な形式を探しだすことに向けられていたのです。あえて断言するならば、戯曲の内容に充分に適ったこの有機的形式を見つけだすことに、私はしばしば成功いたしました。しかし、はたしてこれが形式主義でしょうか？　そもそも形式主義とは、諸君の意見によれば、いかなるものでしょうか？　私は逆に問い返してみたく思います。反形式主義《アンチ・フォルマリズム》とはいったい何なのか？　と。なぜなら、正直のところ私は、目下わが国の劇場で生じているものを、見るも無惨なものとみなしているからであります。（もはや止まるところを知らず）私には、これがいったい何なのか、アンチ・フォルマリズムなのかリアリズムなのか、あるいは自然主義なのか、それともなんとかイズムなのかは分かりません。しかしこれが拙劣でひどいものであることだけは理解できます。社会主義リアリズム演劇を自負しているこの貧しくみすぼらしいものは、芸術となんらの共通点ももちあわせていません。（声を張り上げ、拳を振り上げて）だが、演劇というものは芸術なのであります！　芸術なきところに演劇はありえません！　モスクワの劇場に出かけ、これらの似たりよったりで、そのひどさにおいてあいゆずらぬ、単調でたいくつな芝居を見るがよろしい。こんなことを諸君はめざしていたのでしょうか？　もしそうならば、諸君たちは恐ろしいことをしたのです。汚水を捨てたいがために、諸君はその水といっしょに赤ん坊までも流してしまったのです。フォルマリズム狩りに熱心なあまり、諸君は芸術を滅ぼしてしまったのであります！

傲然と言い放って、舞台袖に退場。

この時、もしも拍手が起ったら、

コロスの長　間違ってはいけません。諸君らは全ソ演出家会議に出席したソビエト国民ですぞ！　監視の目があなたのすぐ隣に光っていることを忘れないでいただきたい。

と、一言挟みつつ、

コロスの長　ああ、それにしても、何たることよ。自己弁明がとんだ自己宣伝だ、自己批判どころか自己以外のものの全面否定だ。目下わが国の劇場で生じているものは見るも無惨だって！　社会主義リアリズムを自負しているこの貧しくみすぼらしいものは、ですって！　汚水を捨てたいがために、諸君はその水といっしょに赤ん坊まで流してしまった、形式主義狩りに熱心なあまり芸術を滅ぼしてしまった、ですって！　ああ、何て恐ろしい。国家権力は黙っていまい。このへらず口を叩かせてはおくまい。その先に来るのは何？　逮捕？　拘束？　監禁？　そして、その次には……ああ……

コロスの長とコロスによる「――な尽くし」が始まる。時には掛け合い、時にはユニゾン、様々な表現で……。

コロス

「無茶な、余りに無茶な」

「無茶苦茶な、余りに無茶苦茶な」

「向こう見ずな、余りに向こう見ずな」

「無分別な、余りに無分別な」

「無鉄砲な、余りに無鉄砲な」

「無防備な、余りに無防備な」

「不注意な、余りに不注意な」

「無警戒な、余りに無警戒な」

「無考えな、余りに無考えな」

「幼稚な、余りに幼稚な」

「鈍感な、余りに鈍感な」

「過敏な、余りに過敏な」
「偏屈な、余りに偏屈な」
「頑固な、余りに頑固な」
「強情な、余りに強情な」
「唐変木な、余りに唐変木な」
「不届きな、余りに不届きな」
「自分勝手な、余りに自分勝手な」
「不遜な、余りに不遜な」
「不埒な、余りに不埒な」
「傍若無人な、余りに傍若無人な」
「傲慢な、余りに傲慢な」
「業突く張りな、余りに業突く張りな」
「無闇やたらな、余りに無闇やたらな」
「やりすぎな、余りにやりすぎな」
「猛烈果敢な、余りに猛烈果敢な」
「力づくな、余りに力づくな」

「力任せな、余りに力任せな」
「ダイナミックな、余りにダイナミックな」
「痛烈な、余りに痛烈な」
「辛辣な、余りに辛辣な」
「不穏な、余りに不穏な」
「破廉恥な、余りに破廉恥な」
「危険な、余りに危険な」
「変換不能な、余りに変換不能な」
「天下一品な、余りに天下一品な」
「天真爛漫な、余りに天真爛漫な」
「ご大層な、余りにご大層な」
「ハッタリな、余りにハッタリな」
「凝り性な、余りに凝り性な」
「飽き性な、余りに飽き性な」
「人間的な、余りに人間的な」
「劇的な、余りに劇的な」

「ケレン味な、余りにケレン味な」

「ギンギラギンな、余りにギンギラギンな」

「大阪弁で言えば、てんこな、余りにてんこな」

「流行り言葉なら、どんだけーな、余りにどんだけーな」

「巫山戯《ふざけ》るな、余りに巫山戯るな」

「当時の批評家が言ったように、動物園から逃げ出した気の狂ったカンガルーのような、余りに動物園から逃げ出した気の狂ったカンガルーのような」

「とことん狂気な、余りにとことん狂気な」

「過剰な、余りに過剰な」

「過激な、余りに過激な」

「スキャンダラスな、余りにスキャンダラスな」

「何といっても、アヴァンギャルドな、余りにアヴァンギャルドな」

「ええい！　やっぱり、**メイエルホリドな、余りにメイエルホリドな！**」

——チョン！　と柝が入る心地で——、暗転。

（2）

但し、すぐに明るくなって、メイエルホリド名付けるところの〈プロセニアムの召使たち〉（黒装束ならぬ黒衣）登場。

正面の演壇を片付け、次の場の簡単なセッティング。

だだっ広い空間の奥から、心細そうな面持ちで、一人の青年が現われる。先程、傲然たる演説をした同一人物とは到底思えない（もっとも四十三年の昔に返っている）青年メイエルホリドだ。二十三歳。

モスクワ・フィルハーモニー協会演劇学校のオーディション。試験官は演技コースの教師、ネミロヴィッチ・ダンチェンコ。三十八歳。すでに名を成した作家でもある。

メイエルホリド　フセーヴォロト・エミーリエヴィチ・メイエルホリドです。

ダンチェンコ　じゃ、早速演じてもらおう。何を用意した？

メイエルホリド　オセローの一節です。

ダンチェンコ　よし、きっかけを出そう。はい！（手拍子を打つ）

メイエルホリド　（朗々と）ああ、この息のかぐわしさ、正義の神もその剣を折りたくなろう。もう一度、もう一度。死んでもこのままであってくれ、おまえを殺してもおれの愛が変わらぬように。もう一度、最後のキスを。こんなに美しく、こんなに罪深い女はいない。涙が出る、だがこれはきびしい涙、天の悲しみだ。愛すればこそ罰を加える神の鞭だ。目をさましたな。

合格点の様子。そのためか、ダンチェンコの口も軽くなっている。

ダンチェンコ　君は、芝居はよく見ているようだね。どうだい、最近の芝居は？

メイエルホリド　駄目ですね。演出も演技も見ちゃおられません。

ダンチェンコ　（皮肉っぽく）そう言うわりにゃ、君のオセローはスタニスラフスキイからの借り物じゃないか。

メイエルホリド　（悪びれず）いや、あれだけは例外です。スタニスラフスキイは凄い人だ。あんなオセローは滅多に見られるものじゃありません。デスデモーナを除いて他の俳優陣は弱体でしたが。

ダンチェンコ　（独白）こいつァ、とんだ自信家だ。シェークスピアの科白じゃないが、小さな炎は小さな風には燃え上がるが、極めつきの突風にゃ吹き消されるってね、用心用心。

話題を転じて、

ダンチェンコ　君はモスクワ大学の学生だそうだが。

メイエルホリド　はい、そうです

ダンチェンコ　今後どうするんだね？　両立は難しいぞ。

メイエルホリド　大学はやめます。すでに俳優になる覚悟を決めています。

ダンチェンコ　そういえば、君の履歴に故郷のペンザで劇団活動をしたと書かれていたな。どうして、このモスクワ・フィルハーモニー協会演劇学校を選んだのかね。

メイエルホリド　ぼくの義理の姉がダンチェンコ先生のことを素晴らしい先生だと誉めていました。エカテリーナ・ムントです。

ダンチェンコ　彼女ならうちの研究生だ。義理の姉って、どういう関係かね？

メイエルホリド　ぼくの妻の姉です。

ダンチェンコ　えっ、君は妻帯者なのか！

メイエルホリド　来年春には子供も生まれます。

ダンチェンコ　おい、おい、食っていけんぞ。

メイエルホリド　はい、三年間は辛抱します。三年後には食えるようにします。

ダンチェンコ　（その断言を面白がって）は、は、は。じゃ、一年おまけして二年後に食えるようにしてやろう。君を二年生に編入する。

メイエルホリド　ありがとうございます。

退場するメイエルホリドと入れ違いに、

（3）

上手からコンスタンチン・スタニスラフスキイの登場。三十五歳。

ダンチェンコもすでに立ち上がっていて、二人歩み寄って握手。

この間、二年間の時間経過（二年が過ぎ去る——と書かれたプラカードを持って黒衣が猛スピードで舞台を横切っていく）。

スタニスラフスキイ　モスクワ芸術座の旗揚げのためのレパートリーの確認と劇団員特に若手の参加者について、あなたのご意見を伺おうと思って。

ダンチェンコ　旗揚げ公演はアレクセイ・トルストイの『皇帝フョードル・ヨアーノヴィチ』で決まりとして、ハウプトマン『寂しき人々』、シェークスピア『ベニスの商人』、ピーセムスキイの『専制者』……

スタニスラフスキイ　あなたご推奨のチェーホフの『かもめ』、ソフォクレス『アンチゴネー』、やはりアレクセイ・トルストイで『イワン雷帝の死』、そんなところですか……

そこへ、「ダンチェンコ先生、ダンチェンコ先生」と声がして、入ってくるオリガ・クニッペル。スタニスラフスキイに気づき、

オリガ　あ、失礼しました。

と、慌てて出て行こうとするのへ、

ダンチェンコ　オリガ、フセーヴォロト・エミーリエヴィチは？

オリガ　今そこで別れたばかりです。

ダンチェンコ　じゃ、彼も呼んで一緒に来てくれないか。

オリガ　はい。（と、去る）

ダンチェンコ　あれがオリガ・クニッペルですよ。

スタニスラフスキイ　なるほど。すでにして貫禄もある。

ダンチェンコ　まあ、年も二十九歳ですからな。『かもめ』なら、アルカージナだってやれますよ。

オリガがメイエルホリドを連れてくる。

二人、緊張している。

ダンチェンコ　オリガ・クニッペルとメイエルホリド君です。君たち憧れのスタニスラフスキイ氏だ。

挨拶を交わすが、若い二人の緊張は解けない。

ダンチェンコ　今日は下がってよろしい。明日からはご指導を賜ることになる。

オリガとメイエルホリド　はいッ。（と、退出）

ダンチェンコ　あの二人が最優秀の銀メダル組ですが、他に十名足らずってところでしょうかな。

スタニスラフスキイ　メイエルホリド君は、見た目で言うと、私がこれまでやってきた役を振り当てられそうだ。どうですか？

ダンチェンコ　いま一つ役者としての華がない。だが、それを補って余りあるインテリジェンスの持ち主です。あなたとのダブルキャストなどというのも観客の興味をそそるかもしれない。

スタニスラフスキイ　なるほど。

ダンチェンコ　彼はペンザのいいとこの坊《ぼん》でして。勿論、あなたの比じゃありませんがね。醸造業を営んで、大きなウォッカの製造工場もあったようです。それが去年破産して、一文無しです。女房と小さい娘を抱えて大変なはずなんですが、演劇に対する情熱は並大抵のものじゃない。ただ、益々陰鬱げな顔をするのが困りものですが。

スタニスラフスキイ　いいじゃないですか。『かもめ』のトレープレフにはもってこいじゃないですか。

笑い合う二人。

（4）

〈プロセニアムの召使たち〉による素早いセッティング。場面は、モスクワのチェーホフのアパートとなる。時は、一八八九年五月七日。

ダンチェンコとスタニスラフスキイに率いられたモスクワ芸術座の面々。V・Э・メイエルホリド、A・Л・ヴィシネフスキイ、V・V・ルージスキイ、A・P・アルチョーム、И・A・チホミーロフ、A・И・アンドレーフ、A・Л・ザガローフ、O・Л・クニッペル、M・Л・ロクサーノワ、M・П・リーリナ、E・M・ラエーフスカヤ、M・П・ニコラーエフら。

ダンチェンコ　アントン・パーヴロヴィッチ、今日の内にメリフォボへお帰りになると聞いたものですから、『かもめ』に出演した全員で押しかけてきてしまいました。

チェーホフ　先日は、皆さん、有難う。私だけのためにわざわざ上演して貰えるなんて、作者冥利に尽きました。

ダンチェンコ　あの時は、お褒めの言葉ばかりで……今日はぜひともご批評を伺おうと。

チェーホフ　昨年十二月の初日以来すでに大評判のように、私から特別に言うことはないさ。

ダンチェンコ　いやいや、私がお願いしてもなかなか上演の許可を下さらなかったくらい、この芝居に対する思い入れは強いはず、気に食わないところがなかったなんて信じられませんよ。

チェーホフ　それは、ペテルブルグのアレクサンドリンスキイ劇場での初演の時に散々な目にあったからでね、もう芝居は懲り懲り、二度と書くまいとさえ思っていたからなんだ」

ダンチェンコ　あの時は、二本立てのボードビルが売り物で、それを見に来た客にとっちゃ、かもめに豆鉄砲といった按配だったんでしょう。

チェーホフ　ニーナを演じたコミッサルジェフスカヤは悪くなかったんだが、彼女が例のモノローグ、「人間も、獅子も、鷲や鷓鴣《しゃこ》も、角のある鹿も、鵞鳥も、蜘蛛も、水に棲む物言わぬ魚も……」と始めると、どっと笑い声が起き、野次が浴びせられ、口笛が飛び交う騒ぎでね。もう見ちゃ居られない。私は場内から飛び出す始末さ。

スタニスラフスキイ　『かもめ』はすべてに斬新でありすぎたんでしょう。

チェーホフ　演出が見当はずれでね。

スタニスラフスキイ　今回も、でしょう？

チェーホフ　いやいや、作者の意を酌んで丁寧に作られていたよ。

スタニスラフスキイ　ご丁寧に間違ってもいたのでは？

チェーホフ　……

スタニスラフスキイ　おっしゃってください。

チェーホフ　ニーナが泣きすぎだったかな。

ロクサーノワ　あら、でも私のニーナ、観客には受けていたようでしたけど。

チェーホフ　（相手にせず、スタニスラフスキイに）あなたの演じたトリゴーリンも気力に欠けていた。

スタニスラフスキイ　……

チェーホフ　あの役はすでに名を成した作家であるだけに、若い作家志望のトレープレフにとっては大きな壁となる存在感が欲しいところでね。現実のあなたがメイエルホリド君にとっては畏敬の対象である以上に、劇中のトリゴーリンはその俗物性も含めて圧倒する力が欲しい、青年はコンプレックスに打ちひしがれ遂には自殺に追い込まれるわけだから。トレープレフ君、どうかな？

メイエルホリド　（トレープレフの科白で煙に巻く）ぼくに言わせれば、現代の劇場なんて、因習で偏見にすぎないんだからね。幕があがると、夕ぐれのような薄ら明かりに照らされて、三方壁の部屋のなかで、神聖な芸術の祭司の名優たちが、人間が食ったり、飲んだり、愛したり、歩いたり、背広を着たりするのをやってみせる。そういう俗悪な場面やせりふから、みんなはなんとか教訓を引き出そうとしてやっきになる――ちっぽけな、わかりやすい、家庭生活に役立ちそうな教訓をね。どんなに形は変わっても、いつも見せられるのは、変わりばえのしない一つのことだ。そこでぼくは逃げだす。エッフェル塔から逃げ出したモーパッサンのようにね……。

ルージスキイ　（ソーリン役の科白で）だって、劇場なしにもいくまいがね。

メイエルホリド　（役を続けて）必要なんですよ、新しい形式が。新しい形式が必要なんです。もしもそれがないくらいなら、いっそなんにもいりゃしないんだ。

自ら語るトレープレフの科白に刺激されて、

メイエルホリド　演劇は今や三方の壁を取っ払ってもよさそうなもんじゃないですか。リアリズムといっても、元来舞台そのものが一つの虚構世界です。だから、相応《ふさわ》しい形式というものは決してたった一つのものではなく、多様にあっていいんじゃないでしょうか。この芝居の中で、かもめが一つの象徴《シンボル》であるように、もっと全体がシンボリックな舞台表現があっていいとぼくは思うんです。

クニッペル　わたしはかもめ、いいえ、あたしは女優……このニーナの科白が羨ましくて役を替わりたい位だったわ。（チェーホフに）先生、この次は、私のために最高の科白を書いてくださいね。

チェーホフ　（目を細めて）わかった、わかったよ。（メイエルホリドに）シンボリズムといえば、メーテルリンクの試みも面白いが……。

メイエルホリド　ええ、いつか舞台に乗せたいですね。『タンタジールの死』、『ペレアスとメザリンド』、『青い鳥』……。

チェーホフ　ところで、トレープレフたる君はトリゴーリンならぬスタニスラフスキイをいつか乗り越えられると思うかね。

メイエルホリド　今はまだ到底敵《かな》いません。でも、いずれは越えられると思います。

一同ざわめく。その倣岸不遜な言い様に眉を顰《ひそ》める者。その成り行きに興味津々、好奇心を剝き出しにする者。様々に——。スタニスラフスキイはなお余裕を見せている。

メイエルホリド　というのは、スタニスラフスキイ先生の考え方では、チェーホフ先生の支配から抜け切れません。それは、チェーホフ先生を尊敬しその戯曲を愛することとは別のことです。その点では、ぼくも人後に落ちません。でも、ぼくが先生の戯曲を演出する時は、先生の支配を脱して見せます。

チェーホフ　私は何ものをも支配したりしないよ。

メイエルホリド　それはこちら側の問題です。演劇についての考え方の問題です。

チェーホフ　（面白がって）じゃ、それを聞こうじゃないか。

メイエルホリド　演劇とは、まさにそこに在る、在るものとして見せる、ということです。観客の前に、かく在らしめることです。目の前に在ること、目の当たりに現われ出ること、つまり現前するということです。確かに、その基となる戯曲は必要でしょう。でも、演劇は、設計図に基づく建築と同じであってはならない。台本の原寸大の芝居なんてくそ喰らえだ！

ダンチェンコ　君！　チェーホフ先生の前で、失敬な！

チェーホフ、ダンチェンコを手で制する。

メイエルホリド　演劇が方法論抜きに台本に声を添えるだけの、あるいは場を与えるだけのものなら、むしろ台本を一人静かに読む方がマシです。台本の支配を排するということは、台本を相対化するということです。台本を絶対視して、細部の分析に深入りする余り、全体を見失うことはよくあることです。

スタニスラフスキイ　それが今回の『かもめ』だというのか、君は！

メイエルホリド　いや、演劇における自然主義一般についてです。ぼくは自然主義は否定されるべきものと考えます。

スタニスラフスキイ　（激して）私だって、さらにその先のリアリズムを求めようとしているんだ！

メイエルホリド　方法論だけの問題でもないんです。演劇は台本つまり戯曲から出発しながら、全く次元の違うところに生まれるものです。異次元の産物と見るべきなんです。所詮戯曲は戯曲であって演劇ではない。戯曲を演劇にするためには、俳優が不可欠なのは当然ですが、そこに君臨すべきは演出家なのです。

スタニスラフスキイ　確かに、演出家は多くのことをなし得る。しかし、舞台の唯一の帝王は才能ある俳優だ。演出家のプランが広大で精神的に深いものであっても、俳優をよそにどうしてそのプランを果たすことが出来る？

メイエルホリド　しかし、俳優に方向を与えるのはあくまでも演出家です。新しい演劇には、作家の支配を断ち切り、俳優の恣意、すなわち勝手気儘な演技の仕方を排除し、目指すべき演劇のために創造する演出家が求められているのです。なぜ、偉大なスタニスラフスキイ先生をすら越えて見せるといったか。ぼくはそのような演劇を求め、それを現前させる演出家を目指しているからです。

その勢いに圧倒される一同。揶揄の声は起らず、感嘆のため息すら聞こえる。皮肉というか余裕を見せてというべきか、スタニスラフスキイが少々間延びのした拍手をする。それを受けるように、チェーホフが笑い声を上げる。

チェーホフ　君は戯曲を手玉に取ろうてんだな。

メイエルホリド　手玉というよりは、手で捏《こ》ね回したいんです。粘土細工みたいに。そして、新しい造型を作りたい！　新しい視点で捉えれば、古典ももちろん材料になります。特に、待たれるのは新しい時代に相応しい戯曲です。作家にも演出家にも今必要なのは、さらなる飛躍ですね。大いなる飛躍です。

劇団員に交じって、写真技師に納まっていたコロスの長。突如、観客に向って、

コロスの長　飛躍も飛躍、メイエルホリドはこの後二年先の話をここで持ち出してしまった！

メイエルホリド　それをですよ、社会に対する作者の姿勢といい、言葉や文体といい、まるで二流の風俗作家もどきの戯曲を、我々の劇団に掛けようなんて以ての外ですよ。そのお蔭で、ゴーリキイの『小市民』がお蔵入りになってるんだ。

ダンチェンコ　君は、君という男は……、それは私の新作『夢のなかで』に対する当てこすりかね。私は君にはずっと眼を掛けてきたつもりだ。それを、それを……。

怒りに震えて、後は言葉にならない。

スタニスラフスキイ　（とりなして）わがモスクワ芸術座にも新しい息吹は必要ですよ。本公演とは別に演劇スタジオを作って、メイエルホリドに実験的な試みをやらせてやりたい。私がちゃんと手綱を取りますから。

ダンチェンコ　いや、私の眼の黒いうちは、一旦飛び出した彼を二度と芸術座には迎え入れたくない。金輪際だ！

スタニスラフスキイ　だから、別のスタジオを作るって。

ダンチェンコ　君まで詭弁を弄するのか！

コロスの長　まあ、まあ、先生方まで、数年後の話を先回りされて……。今日はこれからチェ

ーホフ先生が帰郷なさいます。劇団員全員とご一緒に記念撮影する最後のチャンスじゃないですか。

写真技師としてのコロスの長、チェーホフを中心に全員にポーズをとらせる。ダンチェンコ、苦虫をつぶしたような顔で。

やがて、大きな音と共にストロボが焚かれ、全員が写真に収まる。いくつかポーズを変えて、そのうちの最後のものが一枚の巨大なスチール写真として吊るされ、舞台中央に降ろされる。

コロスの長の声が響く。

声　スタニスラフスキイが引き止めたにも拘らず、また贔屓《ひいき》にしてくれたチェーホフも死んで、メイエルホリドは芸術座を去ったが、その精力的な活動は今や彼を時代の先端を行く演出家に押し上げていた。スタニスラフスキイはダンチェンコの反対を押し切り、この異端児を再び自分の手元に呼び寄せた。誇り高きスタニスラフスキイならばこそ――。

その声が跨ぐ形で、巨大なスチール写真を舞台半ばの背景として。

（5）

演劇スタジオ・模型工房。

様々な戯曲のセットの模型が、それぞれの作業用台車に載せられて運ばれてくる。美術家と演出家、そして助手たち。なかに、デニーソフ（44歳）、ウリャーノフ（30歳）、ググナーワ公爵、ゴリストら指導的メンバーも。彼らはまるで一つ一つの模型のお披露目のように、口上によって登場し、所定の配置につく。

A　ポレヴォイの『ロシアの勇者たち』。
B　フシビシェフスキの『雪』。
C　ラシルドの『太陽売り』。
D　ハウプトマンの『同僚クランプトン』。
E　同じく『平和祭』。
F　テトマイエルの『スフィンクス』。
G　メーテルリンクの『七人の王妃』。
H　ホフマンスタールの『窓の女』。

一方から入ってくるメイエルホリド。

デニーソフ　どうやら出揃ったぞ。
ウリャーノフ　正確に言えば、まだ二つ足りない。
デニーソフ　（からかい気味に）かく正直者のウリャーノフ君担当の、ハウプトマン『シュルークとヤウ』と……。

声　サプノフとスジェイキン担当、メーテルリンクの『タンタジールの死』。

その声の主、サプノフがスジェイキン（24歳）と共に登場。

メイエルホリド　（模型舞台を見回して）これじゃ、芸術座の模型工場とそっくりじゃないか。

デニーソフ　なるほど、そう言えばそうだ。

ウリヤーノフ　仕方がないさ。この場所だって、芸術座の好意に縋って借りてるんだから。

メイエルホリド　そんなこと関係ないよ。昔から、廂を貸して母屋を取られるって言うだろ。無一文の我々から見りゃ、廂を借りて母屋を乗っ取るだよ。だけど、この光景からは、母屋を取られたのはむしろ我々の方じゃないか。

ウリヤーノフ　一体君は何を言いたいんだ。

メイエルホリド　今の今まで、美術家と演出家が美術プランを検討して戯曲に合った舞台装置の内部と外観の模型を作ることに、ぼくも疑いを持っていなかった。いわば芸術座の経験を踏襲してきたわけだ。さっきここに入ってきて、相も変らぬ模型舞台の陳列を見て、正直気が滅入るのを自覚した。特に模型作りにその精力の大半を費やしてしまう美術家諸君の苦労を知っているだけにね。いや、労多くしてって話じゃないんだ。このよく出来た代物が何だか窮屈なんだ。大体が、この狭い空間に我々の発想も閉じ込められていたんじゃないかって。芝居は、芝居の展開する場所は、もっと広々とあるべきなんじゃないか。このリアルできめ細やかに作られた模型舞台に、我々は呪縛されてきたんだよ。誰かが言うべきだったんだ。こんな模型なんか踏み潰してしまえ、焼き捨ててしまえってね。そうなんだ、演技における写実主義について批判しても、その演技を規定している器については、写実主義から一歩も踏み出せなかったんだよ、誰も！　我々はもっと先に行こう。この器を捨てて外に飛び出さない限り、芸術座はもとより、スタニスラフスキイ先生の演出術、演技術も先が見えてるよ。

デニーソフ　よく言うよ。先生の前では猫の子のようにおとなしい君が！

メイエルホリド　あの人は特別なんだ。根っから尊敬しているし、まだまだ太刀打ちできない。さらに、先生の力で、芸術座はチェーホフ先生の『櫻の園』やゴーリキイの『どん底』を経て今や権威とすらなった。素朴で自然な演技という点では名人芸の域に達したものもある。だが、それは同時にまことしやかでもっともくさくはあるが、退屈な演技に堕しているとも言えるんじゃないか。観客だって、そのうち言うんじゃないか、もう充分だ、げっぷが出そうだってね。社会は日々変わっていく。だから、もっと別のものが必要なんだ。時代の要請に応える新しいドラマが、それに相応しい演出や演技が。そして、その第一歩が、これら模型舞台の殻を脱ぎ捨てることなんだ。それが今わかった。直感さ、インスピレーションだ！　君たちにもぼくのこの晴れやかな気持ちが伝染したろ。

ウリャーノフ　『シュルークとヤウ』で言えば、ルイ王朝の大広間や庭園、その夥しいディテールを再現するのは大事《おおごと》だった。だから、逡巡もしていた。でも、第一幕を大胆に巨大な城門だけで勝負すれば、かえって観客の度肝を抜き想像力を大いに刺激して、一気に劇世界へ引っ張り込むことができるかもしれんぞ。

サプノフ　ちょうどいい、ここに君のイメージを元に書いたスケッチを持ってきた。これに装置の色付きのエスキースさえ揃えてやれば、模型舞台なんか素っ飛ばして直接舞台に取り掛かれるよ。

スジェイキン　そうですよ。平面でイメージを作り上げていった方が自在に膨らませられるし、野暮な自然主義を取っ払って舞台そのものをかえって立体的な画布に出来ますよ。くたばれ！　模型舞台！　大賛成です。

一同、「さらば、模型舞台！」の大合唱。
『タンタジールの死』組を残して、台車を引っ張り退場していく。

（6）

場面転換して、稽古場。

メイエルホリドとサプノフ、スジェイキンも今や実際の舞台面に取り掛かっている様子。劇中の舞台は、観客席に背を向ける形で存在し（すなわち実際の舞台正面に立つメイエルホリドらと観客席の間の透明な仮空間として成立している）、メイエルホリドや美術家は見えない俳優、見えない装置に対してダメを出している恰好。

メイエルホリド　みんな動きすぎだ。余計な動きは止めるように、いいね。

「ハイ」「ハイ」、俳優たちの声だけが返ってくる。

サプノフ　もっと明かりを落とそう。背景もぐっと落として。そうそう、人物が殆どシルエットにみえるくらいがいいよ。

スジェイキン　正面の明かり、もっと落として！

メイエルホリド　じゃ、通してやってみよう。

各人各様、その場に座り込む。
音楽が流れる。
そっと、スタニスラフスキイが入ってくる。誰にも気づかれずに、メイエルホリドの後方で舞台の進行を見る面持ち。
メイエルホリドにスポットライト。立ち上がったり、動き回ったり。内面の声が独白となって迸る。

メイエルホリド　そう、そこは哀れっぽくやってはいけない。メーテルリンクは誤解されてきた。彼の芝居は決して不健康なものではない。あくなき生への呼びかけを秘めている。

メイエルホリド　彼の芝居は神秘劇だ。だから、言葉は震え声や涙声から解放し、冷ややかに刻みつけていくことが大切なのだ。音にしっかりした支えを与えよ。言葉は深い井戸に落ちる滴のように零れ落ちなければならない。古い演劇の情熱に駆られた演技を排除せよ。決して早口でまくし立ててはならない。神経衰弱的な言い回し、所作は捨てるべし。叙事的な静謐さ、口元に微笑をたたえた悲劇性、それらを目指せ！

メイエルホリド　言葉だけですべてを語りつくすことはできない。俳優の身体表現はいかにあるべきか。科白に従属した動きからもっと自由になるべきだ。実際人々は他愛ないおしゃべりを交わしながら、言葉とは一致しないむしろ裏腹な動きによって真の関係を示す、友達なのか敵なのかを――。

メイエルホリド　自然主義演劇の仰々しい舞台に代わって、シンメトリカルな配置、律動的な線の動き、さらには色彩の音楽的調和に厳しく律せられる構成の舞台でありたい！　不必要なものは取り除け！　すべては内的な対話を伝える手段としてまさに浮き彫りにされた！　背景はただの麻布一枚だけでいい！

スポットライト消え、同時に音楽も切れて、舞台稽古の終了を暗示する。

拍手。たった一人の拍手ではあるが、皆一斉に振り返る。舞台から降りてきた様子の俳優たちも加わりつつある。

スタニスラフスキイが立っている。

メイエルホリド　スタニスラフスキイ先生、ご覧になっていたんですか。

スタニスラフスキイ　見ていたとも。フセーヴォロト・エミーリエヴィチ、今日の成果を君のために喜びたい。そして、同伴者である私のためにもね。この新しい劇団はいい劇団になるよ。

一同、安堵して顔を見合わせる。

スタニスラフスキイ　ずっと私は不安だった。若い未経験な俳優たちは、たとえ有能な演出家に助けられても、この内面的に深い内容を持つ戯曲に対して、演出家が求める様式的な美に対して、果たして応えられるだろうかってね。だが、少なくとも、成功の兆しは見えた。

手を取り合って、喜ぶ一同。

スタニスラフスキイ　いよいよ本舞台での稽古が楽しみだよ。

突如、急転の音楽と共に、暗転。

その中から、悲痛な叫び！

「本舞台での舞台稽古が楽しみだ、なんて！

糠喜びにすぎなかったのか！」

徐々に溶明していく舞台には、人っ子一人いない。
やがて、絶望した連中が項垂れたまま、なだれ込んでくる。その中にはメイエルホリドも。ぐったりと椅子に座り込む。

スジェイキン　ひどいよ、スタニスラフスキイ先生は。この間はこの稽古場でぼくらをすっかりその気にさせておいて、今度は本舞台から一気に突き落とすんだから。

サプノフ　突然、先生の「ライト！」って大声が聞こえた時は、正直言って何が何だかわからなかった。でも、それがどういう意味かわかった時、勿論抗議はしたさ。

スジェイキン　そうしたら、先生が、こんな薄暗い舞台に観客は耐え切れない、これは心理的に間違いだって。

サプノフ　でも、装置は薄暗がりを想定したものだから、必死に訴えた。そんなにライトを当てたら、芸術的な意味は台無しです！　ってね。でも、全然聞いてもらえなかった。

俳優1　舞台に上っていた我々も無理やり裸にさせられたような気分だった。科白だけ空しく響く。すぐに不協和は限界に達した。

俳優2　スタニスラフスキイ先生が立ち上がってしまった。後は、続々立ち上がって。

スジェイキン　でも、いくら先生だって、あんな仕打ちはないよ。メイエルホリドなんか先生の秘蔵っ子のつもりが、とんだ恥じッさらしだ。

一同の目に晒されているメイエルホリド。

俳優3　彼も調子に乗りすぎていたからなあ。これで、演劇スタジオはお先真っ暗だ。

俳優2　そもそも、小さい舞台から大きい舞台に、薄暗がりから明かりの中へ、その計算ができていなかったんだ。

俳優1　結局、演出家の理念だけがまさって技術がついていかなかったんだ。もっと我々役者に自由にやらせてくれていたら、中止！　ってまでにはならなかったよ。

鬱憤を最高責任者のメイエルホリドにぶつけるしかなく、散り散りに去って行く劇団員たち。一人取り残されるメイエルホリド。背景代わりの巨大写真、あのチェーホフを囲む記念写真の中のスタニスラフスキイが口を開く。

スタニスラフスキイ　君は結局未熟な俳優たちを隠そうと努めた。彼らは美しい群像、君のミザンセーヌをかたどる粘土になるしかなかった。君は自分のイデー、原則、探究を示しただけに終った。演出家の夢想とその実現の間には大きな距離がありすぎた。

メイエルホリドが反論のため立ち上がろうとしたとき、スタニスラフスキイ共々集合写真の映像が朧になり消えていく。

（7）

頭を抱え込むメイエルホリドの向うに、妻のオリガと娘たち、マリア、タチアナ、そして幼いイリーナが現われる。オリガはイリーナを抱え、マリアとタチアナはその両脇に。

メイエルホリド （慌てて立ち上がり）ただいま！

距離をおいたまま、

オリガ　鳥のように羽ばたいて行ってしまうあなたを迎えるのは何より嬉しいわ。でも、今度の演劇スタジオの失敗でも、あなたは余りにも『かもめ』のトレープレフすぎるのよ。トリゴーリンに対して受身に過ぎるわ。

メイエルホリド　君もまたトリゴーリンをスタニスラフスキイ先生になぞらえるのかい。

オリガ　だって、衆人環視の中であなたの演出が真っ向から否定されたっていうじゃないの。それなのに、あなたは一言も抗議せず……。

メイエルホリド　真っ向から否定されたわけじゃないさ。ぼくの演出に俳優の演技がついてこれなかったんだ。

オリガ　演出家って、そんな言いわけができるの？

メイエルホリド　（さすがに恥じ入って）いや、面目ないよ。自分に嫌気がさす。

オリガ　（少し追い詰めたかと、やさしく）少し英気を養うようにって、神様の思し召しよ。娘たちも待っていたわ。

マリアとタチアナ走って行く。二人を腕に抱えるメイエルホリド。

オリガ　ね、聞いたことある？　芸術家の人生には紆余曲折があって、二十五歳は上り坂、三十歳は下り坂、三十五歳はまた上り坂だって。そのうち、その時が来るのよ。今はその一歩だわ。

メイエルホリド　一旦芸術座を辞めて自分たちの劇団を立ち上げた時にも、結局はスタニスラフスキイ先生の演出をなぞっていたんだ。理論的には否定しながら、次から次へ地方での公演をこなしていくために、自分の演出の方法を根本から編み出していく余裕がなかった。勿論少しずつは踏み出していると思っていた。しかし、元来芸術座の演技の方法を学んで自然主義にどっぷりと浸かっていた俳優たちを変身させるまでの技量はなかったってことなんだ。その付けが回ってきたのさ。

その間に、イリーナを抱いたオリガは、娘二人を抱いている夫に近づき、片腕で夫を抱く。

メイエルホリド　でも、スタジオの壊滅はかえってぼくには救いだったかもしれない。あれはぼくが望んでいたものではなかった。

オリガ　負け惜しみね。

メイエルホリド　いや、スタニスラフスキイ先生もそれを見抜いたんだ。

またーという表情のオリガに、

メイエルホリド　でも、先生とぼくの見解は違うんだ。芸術座の伝統に接木しても駄目なんだ。それがはっきりわかっただけでも大収穫なんだ。必要なのは、新しい形式です。しかも、断固、古いものとは切り離された新しい形式です！　心配するなよ、オリガ、ぼくもこの間少しは成長したよ。今年はモスクワでいろんな事が起こった。暴動だ。ぼくは戦慄した。恐怖のせいではない。突然、事実を摑んだからだ。他の人々が身を隠しているのに、ぼくは街に引き寄せられた。変貌した世界を見たかったからだ。今でも覚えている。一角だけ街灯に照らされているために、広場が傾いて見えた。煌々と光を発する白い雪を背に、同じように走り回っている得体の知れない黒い人影を見たかった。乾いた、不吉な、冷ややかな、それでいながら焼けつくような弾丸がひゅーっと音を立てる一瞬に、ぼくは凍えてしまいたいと思った。この恐ろしい一週間がぼくの心に残したのは、いつの日にか感じる力を与えてくれる何ものかだ。創造する芸術家の心はそれほど打ち震えたんだ！　ねえ、オリガ、ぼくは誓うよ。ぼくはトレープレフとは違って、拳銃を自分に向けたりはしない。金輪際ね。

オリガ　（にっこりと）それだけは私も信じているわ。掠り傷一つで大騒ぎするあなたを昔から知ってるから。

タチアナ　パパ、おうちで遊びましょうよ。

二人の娘に引っ張られてメイエルホリドも駆け出す。オリガもその後を追って。突然、朗誦する声が響く。駆けて行く娘たちの手を離して立ち止まるメイエルホリド。娘たちとオリガ一度は振り返って呼びかけるが、そのまま駆け去る。

（8）

メイエルホリドの前に現われるのは、『かもめ』のニーナの科白を語る女優、ヴェーラ・コミッサルジェフスカヤである。

ヴェーラ　人間も、獅子も、鷲や鷓鴣《しゃこ》も、角のある鹿も、鵞鳥も、蜘蛛も、水に棲む物言わぬ魚も、海星も、眼で見るわけにいかなかったものたちも、――つまりは、生きとし生けるもの、生きとし生けるものが、哀しい流転をおえて、消え失せた……。もう何千世紀ものあいだ、地球は何ひとつ生きものを持たず、あの哀れな月だけがむなしく明かりをともしている……。

二人が歩み寄る。

ヴェーラ　ようこそ、フセーヴォロト・エミーリエヴィチ！　あなたが来てくれるのを待ちかねていたのよ。

メイエルホリド　二年前にもお誘いいただきながら、ようやくその時が来ました。今の科白は歓迎のしるしと受け取りました。

ヴェーラ　そうよ。十年前、大舞台に急遽抜擢された私がこの科白を謳い上げた時、笑い嘲った観客も、ここずっと私の前にひれ伏すようになりました。でも、私はその絶頂期に、いや、だったからこそ、ペテルブルグの劇場を去って独立したわ。あの頃、そして私の劇団を立ち上げてからも、私は陸に上った魚でした。今こそ水を得て魂の呼吸をしたい。古いものはすべて消え失せた。ニーナの科白にあるようなゼロ地点から、あなたは出発していいのよ。それを私も期待しているの。

そこへ、わっと一団の人々が押し寄せ、二人の間に割って入り、メイエルホリドを押し退けるようにして、ヴェーラを取り囲む。ジャーナリストや批評家、コロスのメンバーで構成される。

「演出家のニコライ・アルバートフの首を切るんですか？」

「彼はスタニスラフスキイの弟子であった人だし、手堅い演出家じゃなかったですか」

「劇団をどの方向に持っていくんです？」

「まさか、噂のようにデカダン趣味に走るんじゃ？」

答えを待つというより質問攻め。

コロスの長　悪意を抱き、てぐすねひいて待ち受けていた批評家の前に、メイエルホリド演出による最初の出し物は、イプセン作『ヘッダ・ガブラー』だった。

ジャーナリストや批評家から成るコロス隊は両端に分かれ、距離を置いて、ヴェーラ・コミッサルジェフスカヤのヘッダを見守る形。

メイエルホリド　（台本片手に、レーヴボルグの科白を）美しく？　ぶどうの葉で頭を飾るんですか、昔よくあなたが想像していたように――？

ヴェーラ　（ヘッダとして）ああ、いいえ。ぶどうの葉の冠なんか、もう信じないわ。でもやはり美しくね！　一度だけでいい！　――さようなら！　もうお行きなさい。ここへは二度と来ないでね。

やや心理的感傷的なヴェーラの演技に対して、メイエルホリドの指示が飛ぶ。

メイエルホリド　動きすぎる、動くな。大事なことは、イプセンの戯曲の背後に感じられる冷ややかで女王然とした秋のヘッダを、素朴に純粋に表現することなんだ。レーヴボルグの方に視線を動かさないように、正面を見つめたまま！

ヴェーラ　でも、相手の目を見て言うのが自然だと思うけど……。

メイエルホリド　実際には二人の生きた人間がこのように会話することはないさ。でも、舞台は約束事の世界、様式の世界なんだ。今度の芝居では、観客がヘッダとレーヴボルグの顔を同時に凝視するようにしたい。要は、その顔に微妙な心の動きを読み取り、口に出される対話のうらに、言葉にならない期待や感情の内に秘められた対話を聞き取ってもらうことなんだ。

コロスの長　だが、観客の反応は冷ややかだった。一握りの批評家を除いて……。

「イプセンの意図に全く反している！」

「地方の上流社会の狭隘な因襲やけばけばしい悪趣味から必死に逃れようとするヘッダのあがきが曖昧にされてしまった」

「ヴェーラの演技が生かされていない」

「まるで操り人形だ」

「演出家の固定観念に作品がねじ伏せられている」

コロスの長　次の出し物は、メーテルリンク作『修道女ベアトリーチェ』。

同じ衣裳に身を包んだ修道女たちが、同じ身振りと緩慢な抑えた動きを繰り返しながら終始横を向いて移動する。中央で、ヴェーラ扮するベアトリーチェと出会う。

コロスたちから発言。舌鋒は前回に比べ鈍い。

「うん、確かに修道女たちの動きの統一は、ある種のレリーフを感じさせた」

「歌うような台詞が静謐な動きのなかにかえって悲劇的な感情を湧き出させていた」

「だが、役者の演技は血が通っていない」

「結局、役者を人形に貶めるものだ」
「コミッサルジェフスカヤも今や群衆の中の一人だ」
コロスの長　まもなく、メイエルホリドは若い詩人ブロークの『見世物小屋』に出会う。メイエルホリド自身がそう名付け歓迎したように、演劇性の真の魔術師ブロークの出現は、メイエルホリドを一層演劇とは何かの実験に駆り立てた。まさに、雲は龍に従い、風は虎に従うという両雄よ。
メイエルホリド　文学のしもべになろうとするロシア演劇を救出するには、コメディア・デラルテやもっと古い演劇の伝統の中に眠っていたものを掘り起こすことだ。放浪芸人の芸の技術をこそ見直すことだ。見世物小屋を見世物小屋たらしめたグロテスクこそ、創造する芸術家の方法でなければならぬ。
コロスの長　グロテスクって、あの、汚いとか、醜いとか、見るのもいやだっていう、グロテスク……かい?
メイエルホリド　グロテスクとは、単に低俗なもの、単に高尚なものとは縁がない。意識的に鋭い対立を作り出し、混ぜ合わせる方法でもある。いや、方法というだけではない。人生の中の未開拓の領域に攻め入り、かつて誰も見なかった世界を現出させ、観客をそこに導く。肯定と否定、天と地、美と醜が危うい均衡を保つように、醜を装わせることで、美がセンチメンタルに堕するのを防ぎ、観客をして絶えざるアンヴィバレンツに追い込むんだ。

コロスの長　うーん、分かったような分からぬような……先ずは現物だ。その名もズバリ『見世物小屋』、その幕開けや如何に！

（9）

背景代わりのパネル（巨大写真が消えてから闇に溶け込んでいた）が上り、その後ろから、小舞台が正面に迫り出してくる。同時に、青い麻布がその小舞台を取り囲み、一層際立たせる。大太鼓の音。そして、音楽と共に小舞台の幕が上る。

小舞台には、横長のテーブルが置かれ、正面にフロックコート姿の神秘会会員たちが居並ぶ。その右手前にだぶだぶの白い服を着たピエロが腰掛けている。

神秘会会員1　君、聞こえるかい？

同　2　聞こえる。

同　3　いよいよ事が起こるのよ。

ピエロ　おお、永遠の恐怖！　永遠の暗闇！

神秘会会員1　君、待っているのかい？

同　2　待っているんだ。

同　3　いよいよ事が迫ってきたのよ。窓の向うで風が知らせてくれたわ。

ピエロ　不実な女！　お前は一体どこにいるのだ？　眠そうな街には、長い灯の鎖が続いている。そして、自分たちの恋の火に暖められた恋人たちが次から次へと通り過ぎて行く。私はお前がみんなの合唱に合わせて踊っている窓の下へ、悲しいギターをかき鳴らしに行こう！　月の光のように蒼白い私の顔に紅もさそうし、鬢も眉毛も描こう。コロンビーナ、お前には聞こえないのかい。私の哀れな心臓が悲しい歌をいつまでもいつまでも歌っているのが……。

横合いの幕から、不安げな作者が飛び出す。

作者　こいつは一体何を言ってるのだ。ご贔屓の皆様方、この役者は兇暴にも私の著作権を嘲笑したのです。この芝居は、ペテルブルグのある冬の日に起るものなのです。ところが、こいつは勝手に窓やギターなどと……。私はこの芝居をつまらない見世物にするために書いたのではありません。決して、そうじゃないんです……。

が、自分のやっていることに気づき、大いに恥じて慌てて幕の後ろに引っ込む。

ピエロ　（作者には一切無関心に）コロンビーナ！

神秘会会員1　君、聞こえるかい？

同　2　聞こえる。

同　3　遠い国から乙女がやって来るのよ。
同　1　やって来たら、忽ちあらゆる声が消えてしまうだろう。
同　2　ああ、雪のようだ。すっかり真っ白だ。
同　3　肩の後ろに鎌が見えるわ。

どこからともなく一人の乙女がテーブルの傍らに現われる。白衣、並外れた美しさ。ピエロは祈るように跪く。神秘主義者たちは恐怖にとらえられ、椅子の背に身をすくませる。

神秘会会員3　顔は大理石のように蒼白い！
同　1　これは——死なのだ。

ピエロ、ゆっくりと立ち上がり、乙女の傍へ来ると、その手をとって舞台中央へ。

ピエロ　皆さん！　皆さんは間違っていらっしゃる。これは——コロンビーナ、私の花嫁です。
神秘会会長　君は気でも狂ったのかね。私たちは一晩中待っていた、待ちに待っていたんだ。そしてとうとう——静かな救済者はやって来たのだ。死が訪れてきたんだ。
ピエロ　いいえ、これは私の花嫁のコロンビーナです。
神秘会会長　諸君！　可哀そうに、この男は恐ろしさのあまり気が狂ってしまったのです。この男は人生の深さを量ることもしなければ、最後の時になってもその準備さえしないのです。だが、まあ、この単純な男は許してやりましょう。さあ、行きたまえ。

コロンビーナ　わたし、あなたを一人では行かせたりしないわ。

神秘会会長　おお、軽やかな幻影よ。私たちは一生涯あなたを待っていたのです。私たちを見棄てないでください。

神秘家たちのテーブルの下から、アレルキンの扮装をした若者が現われる。身体に付けた銀鈴に合わせて歌う。

アレルキン　冬の日の黄昏に／巷で――／私はお前を待っていた！　／私の吹雪は／銀鈴を響かせながら／お前の上で、お前のために――／歌っているのだ。

アレルキンがピエロの肩の上に手を置くと、ピエロは仰向けに倒れ、身動きもしない。アレルキンはコロンビーナの手をとって連れ去る。乙女は彼に笑って見せる。一同はがっくりくる。この時、彼ら会員の頭はカラーの中に埋まり込み、手は袖の中に隠れてしまったかに見える。まるで、空のフロックコートが抜け殻のように椅子に寄りかかっている。

突然、ピエロは飛び上がり駆け去る。

幕が下りかかる。と、再び作者がとび出してきて、下りかけた幕を上げさせる。

作者　ご贔屓の皆様方！　私は嘲笑されたのであります！　私は極めて写実的な戯曲を書いたのであります。主題は相愛の二つの魂に関するものでありました。彼らの道を邪魔する第三者が現われますが、遂にその邪魔は克服され、愛し合う二つの魂は合法的な結婚によって永遠に結び合うのであります。私は戯曲の主人公たちに決して道化の衣裳を着せなかったのでありました。ところが、彼らは私の承諾なしに、古臭い伝説めいたものを演じています。私は愚弄されたのであります。私は……。

ピエロが駆け戻ってくる。

ピエロ　コロンビーナはボール紙で作られた女だった！

この時、セットそのものがバラバラになり、宙に舞い上がり飛び散ってしまう。

作者、それを呆然と見上げている。

そこへ、女王然としたヴェーラ・コミッサルジェフスカヤ本人が登場。

ヴェーラ　皆さん、誤解なさらないでください。そこにいる作者なる人物もまた登場人物の一人にすぎません。作者が語っていたことも、劇中の科白の一つです。ですが、この私は、この劇団の責任者であるヴェーラ・コミッサルジェフスカヤです。前回はベアトリーチェを演じたコミッサルジェフスカヤですが、今日の私は俳優として演じているわけではありません。正真正銘のコミッサルジェフスカヤです。お客様にはこうして芝居を中断する非礼をお詫びいたします。しかし、私の我慢も限界に達しました。私の演劇についての理想と今お見せした芝居とはあまりに違いすぎます。私はアレクサンドリンスキイ劇場で女優としての名声を得、新たにこの劇団を立ち上げて今日に及んでいます。女優としての私は、常に私の身内から自然に湧いてくるものが、私と登場人物を一体化してくれるのを信じてやってきました。言わば、私は一つ一つの役を私の体内を巡る血で洗うようにして芝居を作ってきました。そのような血の温りのない、象徴劇とも風刺劇ともつかないこんな代物は私の演劇ではありません。ねえ、ピエロ役のフセーヴォロト・エミーリエヴィチ、『かもめ』の終わりの方で、あなたがかつて演じたようにトレープレフは言うじゃありませんか。おれはあんなに新しい形式新しい形式と言いつづけてきたが、今ではだんだん紋切り型に落ち込んでいくような感じがする。トリゴーリンにはもうちゃんと手が決まってるから楽なもんだ。ところがおれときたら、ああ、もううんざり。そう、おれはだんだんわかりかけてきた。問題は形式の古い新しいじゃない、形式なんぞ何も考えないで書く、魂から自由に流れ出すからこそ書く、ってことだって。それこそ私の言ってることじゃないの。トレープレフは敗北を認めたのよ。あなたも認めるべきなのよ。ねえ、メイエルホリドさん?

身を震わせて、ピエロは否定する。手を振るって抗う。

ヴェーラ　それがあくまで嫌だというなら、私はここに、皆様方の前ではっきりと宣告いたします。自らもピエロ役を演じたこの芝居の演出家フセーヴォロト・エミーリエヴィチ・メイエルホリド氏を、ただ今ここに解雇いたします!

メイエルホリド扮するピエロ、さらに抗議する風。だが、ピエロの抗議は悲しみと孤立を一層際立たせるだけだ。

幕が（あれば）静かに下りる。あるいは暗転。

第二幕

（1）

コロスの長とコロス、賑やかに登場。
「金言尽くし」が始まる。

コロス
「捨てる神あれば、拾う神（あり）」
「捨てる神たる女神コミッサルジェフスカヤ」
「短気は損気」
「急いては事を仕損じる」
「覆水盆に返らず」

「メイエルホリドと縁を切ったが落ち目の始まり」

「人を呪わば穴二つ」

「因果は巡る地獄の釜」

「貧すれば鈍す」

「泣きっ面に蜂」

「女盛りを不運にも、天然痘に取り憑かれ」

「旅路の果てはこの世の果て」

「栄枯盛衰の理《ことわり》なり」

「拾う神とは帝室劇場支配人ウラジーミル・テリャコフスキイ。ドラマはアレクサンドリンスキイ劇場、オペラはマリンスキイ劇場を抱えるロシア演劇界最高の権威」

「果報は寝て待て」

「待てば海路の日和あり」

「蝦で鯛釣る――」

「漁夫の利、の心地」

「いやいや、獅子身中の虫を飼う、心意気」

「蓼食う虫も好き好き、と」

「円い卵も切りようで四角」

「四角い豆腐もスプーンで掬えば丸くなる」

「人の度肝を抜くのが好きなメイエルホリドを起用して、人の度肝を抜くならば、鬼に金棒、と支配人」

「だが、そうは問屋が卸さない」

「俳優王国のこの牙城、今や遅しと、アレクサンドリンスキイ劇場の古株たち。なかでも、女王然たるマリヤ・サーヴィナと廷臣たち」

（2）

舞台は、アレクサンドリンスキイ劇場内俳優サロン。

マリヤ・サーヴィナを中心にお歴々が顔を揃える。

コロスの長　メイエルホリド第一回演出及び主演、ノルウェーの流行作家クヌート・ハムスン作『王国の門にて』は見事失敗。王国の門に入るどころか門前払いといった体たらく。
コロス
「あたりきしゃりき、我らが主人公の一人相撲。いかに吼えようが」

「馬の耳に念仏」
「暖簾に腕押し」
「糠に釘」
「二階から目薬」
「笛吹けど踊らず」
「泣く子と地頭、いやいやそっぽを向いた俳優には勝てぬ」
「飛んで火にいる夏の虫」
「聞いて極楽、見て地獄」
「坊主憎けりゃ袈裟まで憎い」
「出る杭は打たれる、はこの世の習い」

サーヴィナ　あの横紙破りの先生、次に選んだ出し物が『サロメ』だっていうじゃないの。身の程知らずというか、まさかこの私にサロメをやってくれって言うんじゃないでしょうね。

周りを笑わせている。

男優1　いや、その前に検閲が通してくれません。直しても直しても台本が通らず、遂に諦めたって話です。

男優2　少しは薬になったんじゃないか。

男優3　とんでもない。バカにつける薬はなし、あの傲岸不遜ぶりは、墓場まで持って行くんだろうよ。

ロマン・アポロンスキイ　『王国の門』ではとことんいじめてやったぜ、おれは。

男優3　そうそう、あんたのドタバタ調のアドリブには、きゃつめトコトン手を焼いていたな。

ロマン　ウァッハッハ、今思い出しても、我ながら痛快だ。

男優2　あんたのお蔭で、一同溜飲が下がったというもんだよ。

男優1　それにしても、うちの支配人はどうしてあんなに奴さんに惚れたんでしょう。

男優2　別にぞっこんてわけじゃなかろう。支配人は新しがりやなのさ。そのうち、嫌気が差しゃほっぽり出すだろうよ。

サーヴィナ　それが明日、明後日でも、私一向に構わないわ。

男優3　むしろ大歓迎でしょう。

一同、笑う。

そこへ、彼らの前を、書物に顔を埋めるようにして、メイエルホリドが通りかかる。

ロマン　よおっ！　そこをお通りになるのは、哲学者のイヴァル・カレーノ先生ではありませんか？

通り過ぎようとしていたメイエルホリド、さすがに気づいて振り返る。

ロマン　あっ、やはり『王国の門』の主人公、カレーノ先生！

メイエルホリド、居合わせる面々に気づき、しかも冗談に交じる敵意を感じて一瞬の立往生。

ロマン　と呼ぶよりは、やはり『かもめ』のトレープレフ先生とお呼びした方が……。

メイエルホリド　（立ち直り）まさか。私は、トレープレフはとっくに卒業したつもりです。

男優1　先生が熱望されていた『サロメ』が潰れたそうで。僅か一回の公演で、先生も我々とはおさらばなんでしょうか……。

間髪を入れず、大声。

いやいや、どうして、ドラマが一つ飛んだくらいで……。

とは、支配人のテリャコフスキイ。

メイエルホリドの窮地を救うことになる。

支配人　メイエルホリド君には、次はマリンスキイ劇場でオペラをやってもらう。

男優2　（非難がましく）支配人！

支配人　（意にも介さず）出し物は、ワーグナーの『トリスタンとイゾルデ』！

俳優一同、がっかりして顔を見合わせる。

支配人　次が、シャリアピン主演で『ボリス・ゴドゥノフ』！

益々悄気返る一同。

男優１　ドラマは？

支配人　驚きなさんな。モリエールの『ドン・ジュアン』！　主演は……。

男優たち、自分こそという期待で、己を指しつつ支配人に走り寄る。

支配人　（気を持たせつつ、一転冷ややかに）残念ながら、ここにはいないな。

がっくりきている一同。

支配人　ドン・ジュアンがユーリイ・ユーリエフ、スガナレルがコンスタンチン・ワルラーモフ。これらのプログラムは、メイエルホリド君と一緒に練りに練ったものだ。美術家のゴロヴィーンとのコンビで黄金時代を築いてもらう。なあ、メイエルホリド君……？

すぐ傍らにいた筈のメイエルホリドの姿がない！　キョロキョロする支配人の虚を衝いて、サーヴィナが反撃の一言。

サーヴィナ　でも、支配人さん、彼には元々小劇場での実験志向が強いんじゃありませんこと。大劇場で実験というのは、あまりにもねえ。

支配人　いや、マリヤ、その点なら……。

その時、鳴り物入りで舞台照明が一転。

異様な人物——禿鷹のように曲がった尖り鼻、爛々とした眼、嘲るような口をしたのっぽの痩せ男が、鋼鉄のボタンを付けた炎のように真っ赤な衣裳で登場。

俳優諸氏、驚いて立ち上がる。

ロマン　ホフマンの世界に登場するドクトル・ダペルトゥットじゃないか?!

男優2　DA《ダ》・PER《ペル》・TUTTO《トゥット》、到る所に現われるという……。

男優3　……神出鬼没の男。

サーヴィナ　それは誰?

突如、ダペルトゥットの笑い――。

立ち竦む一同。

笑いだけ残して、暗転。

（3）

やがて、ほの明るくなり、現実の舞台前面が小劇場のステージ。それを囲むようにレストランのテーブルや椅子が運ばれ、運んだ者たちがそのまま客ともなり、ボーイともなる。その中にはコロス隊も混じり「金言尽くし」。他の人々も唱和したりする。

コロス

「大劇場に小劇場、二兎を追うものは――と世に言うが」

「二兎を追うものは、一兎を得る」

「能ある鷹は爪を隠さず――がドクトル・ダペルトゥットの流儀」

「瓢箪から駒」

「渡りに船」

「転んでもただでは起きぬ」

「天は自ら助くる者を助く」

「先ずは隗より始めよ」

「賽は投げられた」

「虎穴に入らずんば虎児を得ず」


ステージに、ピエロと花嫁姿のコロンビーヌが現われる。

ピエロは愛の告白。コロンビーヌややつれない。ピエロ、一緒に死んでくれと毒杯を差し出す。コロンビーヌ、それを見て同情を示す。

ピエロ、コロンビーヌの愛を錯覚して、毒杯を仰ぐ。くずおれるピエロを見て、恐くなって逃げ出すコロンビーヌ。観客席の間を縫って――。〈幕間劇の館〉における『コロンビーヌの肩掛け』の場面。これらはすべてパントマイムで行われる。観客がステージの方に出てきて踊りだす。

結婚祝の舞踏会の趣き。コロンビーヌ、花婿のアルレッキーノを見つけて安堵、一緒に踊りの輪に入るが、ピエロの亡霊のように白い衣裳やピエロそのものが見え隠れし、コロンビーヌを脅かす。

ホフマン的な世界の現出。

恐怖のコロンビーヌは踊りの輪を抜け出す。踊りも急速に退いていく。

再び、最初の場面に。ピエロの死体がある。立ち竦むコロンビーヌ。追ってきたアルレッキーノ、花嫁の不実を知り、詰り、去る。残されたコロンビーヌ、狂ったように毒杯を仰ぎ、ピエロの傍に倒れる。再び踊りの輪が押し寄せ、二人の遺骸を包み込む。

突然離れたところに、ピエロが姿を見せ、白衣を脱ぐ。と――、ドクトル・ダペルトゥットになっている。

(4)

舞踏の輪は大舞台に拡がって今や大舞踏会。レールモントフの『仮面舞踏会』の舞台稽古の場となる。

さらに、ドクトル・ダペルトゥットが衣裳を脱ぎ捨てる。現われ出たのは、演出家然としたメイエルホリドに他ならない。

ただ、この一部始終を見ている者がいた。

舞踏会を縫うようにして登場した見知らぬ男、謎の男である。黒のドミノ外套(仮装用に着用する頭巾の付いた上衣)を羽織り、薄気味が悪い白のイタリア仮面を着けている。しかも、その後ろには仮面を被った人々がぞろぞろ付いてくる。

メイエルホリド、手を打って合図を送ると、舞踏会の踊りの輪は突然止まり、皆が皆鬘や仮面や衣裳を着けたただの俳優に戻って両側に移動。入れ替わりに、主役のユーリイ・ユーリエフ演じるアルベーニンをはじめ、その妻のニーナら主だったところが登場。

メイエルホリド　主役のアルベーニンに仮面の男が不吉な予言を告げる、あの場から入ろう。

第一幕第二場第三景。

アルベーニン、仮面の男の手を引く。

アルベーニン　ずいぶんいろいろといったものだ。この名誉にかけて耐えがたいようなことばかりを、え、あなた……このわたしが何者か、知ってのうえですか？

仮面　何者であったかは、存じています。

アルベーニン　仮面をとりたまえ、いますぐにだ！　卑怯なやり方だ、それは。

仮面　はずしたって仕方がない！　わたしの顔もどっちみちご存知ないのだから、仮面と同じようなものだ。それにわたしもあなたに御目にかかるのはこれが最初です。

アルベーニン　嘘だ！　わたしがひどくこわいようですな。腹をたてるのもはずかしい。きみのような臆病者はさっさと行ってくれ。

仮面　おいとましますよ。だが用心なさい。今晩、不幸が起りますよ。

人混みに消える仮面の男。

アルベーニン　待て……消えてしまった。誰だあれは？　気になることを言った。いくじのない敵とみえる。あんな手合いは問題にもならん。はっはっはっは！　さらば友よ、無事で行きたまえ。

メイエルホリド　そこまで！　よろしい。

間髪を入れず、全員に向って諄々と説く。

メイエルホリド　謎の男のこの不吉な予言は、次の場面で妻のニーナが腕輪を落とすところから一瀉千里と走り出す。このレールモントフの『仮面舞踏会』は、シェークスピアの『オセロー』におけるデスデモーナのハンカチをニーナの腕輪に置き換えて男の嫉妬がもたらす悲劇を同じようになぞっているかのようだが、オセローが己の力を恃《たの》みにして生きてきたプライド高き男の、その過剰さの故に陥るヒーローの劇であるのに比べ、一方の主人公アルベーニンは、むしろ爛熟した貴族社会が一個人の思惑の一切合財を取り込んで少しでもはみ出すことを許さぬまさに悪辣な企みによって仕掛けられた罠に落ちていく劇であると言っていい。例えば、これを書いたご当人のレールモントフ自身が、そしてかのプーシキンが決闘という名の罠に嵌められて、片や二十七歳、片や三十七歳と、いずれもその若く熱い反逆の精神を絶たれたのと同じ道だ。だから、事はきわめて卑俗な形で進められるが、この劇には現在のロシア社会をヴィヴィッドに映し出す何かがある。夫が妻に盛る毒は今日のロシア社会に盛られた毒でもあるということだ。

その最後の科白に即応するかのように、声が上る。

「今やその毒はロシア帝国中に蔓延した！」

その声に呼応して、一同舞踏会の仮面や華麗な衣裳を脱ぎ捨てると、もはやそこは劇場の外。革命に立ち上がった労働者や農民や兵士の隊伍と化す。

（5）

彼らから立ち上がるシュプレヒコール。

「ロシア皇帝を倒せ！」

「ニコライ二世を血祭りに上げろ！」

「労働者と農民と兵士による革命万歳！」

「ボリシェヴィキ万歳！」

「レーニン万歳！」

その人々の波とは別に、批評家たちのコロス前面に登場。

コロス

「いくつかの輝かしい成功と多くの騒々しい失敗、それは誰？」

「スキャンダルかセンセーション、ロシア芸術界の第一人者は誰？」

「燃え盛る敵意か限りない讃嘆、その享受者は誰？」

「人でなし、サディスト、動物園から飛び出した気の狂ったカンガルーって誰？」

批評家ベヌア（役） ああ、なぜ人々はドクトル・ダペルトゥットを今日の演劇界に許容する？ なぜかれによって堕落させようとするのか？

批評家クーゲリ（役） 諸君！ 国庫の金を浪費するのは誰か？

批評家ベヌア（役） 死にゆく過去をバックに打ち上げられた最後の儚い花火、それが『仮面舞踏会』だ！

　依然として仮面舞踏会の扮装を着けたままの一部の俳優たち（ロマン・アポロンスキイとその一党）が叫ぶ。

「メイエルホリドに反対！ 〝社会に毒を盛った！〟だって？ 屁理屈も屁理屈、『仮面舞踏会』こそ救いようのないバベルの塔だ！」

「転覆された王朝の退廃的演劇の象徴、『仮面舞踏会』は即刻上演禁止せよ！」

「成り上がり者！」

「演劇界のラスプーチン！」

コロスの長　劇場内部からの上演禁止の声もどこ吹く風。十月革命後も禁止どころか四半世紀の間に五百回もの上演！

コロス
「口も八丁手も八丁！」

「憎まれっ子世にはばかる！」

「勝てば官軍、負ければ賊軍！」

「朱に染まれば赤くなる！」


赤旗の波。再び勢いを増す蜂起した群衆の行進。コロスを圧倒して、その渦の中に巻き込んでいく。

嵐のような行進が舞台を過ぎ去った後――。

（6）

〈第一回ペトログラード芸術家・文学者会議〉の垂れ幕。一九一七年十二月。

誰も居ない空間――。

一人、男が入ってきて、キョロキョロ見回す。画家のナータン・アリトマン。

一方から、政府トップ機関人民委員会の委員で教育人民委員（文部大臣）のアナトーリイ・ワシーリエヴィチ・ルナチャルスキイが現われる。

アリトマン　あのう、ここが会場でしょうか？　わたし、ご通知を頂いた画家のナータン・アリトマンですが……。

ルナチャルスキイ　ようこそ、アリトマンさん、よくぞお出でくださいました。ここが会場です。

アリトマン　誰もいないから、間違ったのかと思った……それとも早すぎたのでしょうか？

ルナチャルスキイ　いいえ、集合時間には少し過ぎています。申し遅れましたが、私は教育人民委員のルナチャルスキイです。

アリトマン　えっ、文部大臣自らが！

ルナチャルスキイ　いや、実を言うと、あなたが一番乗りです。私は待ち切れなくてここまで出てきたんです。

アリトマン　まさか、百二十人もの芸術家を招集したと聞きましたが……。

ルナチャルスキイ　（苦笑しつつ）きっと郵便事情のせいで大半の人々に届かなかったんでしょうよ。

そこへ三人の男が入ってくる。詩人のアレクサンドル・ブローク、リューリク・イヴネフ、そしてウラジーミル・マヤコフスキイ。

ルナチャルスキイ　やあ、皆さん、改めて自己紹介します。私が招集元のルナチャルスキイです。
ブローク　ブロークです。
イヴネフ　イヴネフです。入り口のところで一緒になりました。
マヤコフスキイ　マヤコフスキイです。
ルナチャルスキイ　第一級の詩人方に集まって頂いて光栄です。こちら画家のアリトマンさん、ご存知ですな。今のところ出席者は皆さんだけです。
マヤコフスキイ　まだ、みんな日和《ひよ》っていますからね。二月には盛り上がりましたが、十月のボリシェヴィキの政権奪取に諸手を挙げて、という人は少ない。ましてや白軍との闘いで権力がどちらに行き着くか不分明の時点では。
ルナチャルスキイ　だからこそ、駆け参じてくださった皆さんこそ先見の明ありだ。革命後の文化芸術は皆さんの手に委ねたい。
ブローク　演劇人にも声を掛けましたか。メイエルホリドとか……。
ルナチャルスキイ　もちろんです。あなたの『見世物小屋』の演出家にはイの一番に。ですが、彼は私からの呼びかけには応じないかもしれない。かつて散々彼の象徴劇を反革命だといって非難しましたからね。

ブローク　あっ、噂をすれば影、心配ご無用、ご本人のお出ましだ。
　メイエルホリドが登場。
　ルナチャルスキイ、歩み寄って手を揺するほどに激しい握手。
マヤコフスキイ　（独白）ここで会えるとは！　わが憧れの人に！
　ブロークらも近寄って、メイエルホリドと握手。
　メイエルホリドは、一人離れて立つマヤコフスキイに歩み寄る。マヤコフスキイ、慌てて駆け寄る。握手。
マヤコフスキイ　ご一緒できて光栄です。
メイエルホリド　あなたの最近の詩『人間』を面白く読みました。人間ってマヤコフスキイのことだった。
マヤコフスキイ　いやあ……（と照れる）
　二人を残し、他の四人は後景に——。
マヤコフスキイ　（思い切って）実は読んで頂きたいものがあるんです。
メイエルホリド　ほう、何です？　もちろん喜んで……。
マヤコフスキイ　戯曲です。
メイエルホリド　大歓迎ですよ。

マヤコフスキイ　でも、自信がありません。

メイエルホリド　あなたなら書ける。読む前から私には確信がある。聞かせてください。

マヤコフスキイ　滔々たる革命の流れを洪水に見立て、清潔な人々と不潔な人々という七組ずつ二つの階層の人々が方舟に乗るが、清潔なと名付けた搾取する人々がとことん搾取する側でしかないことを覚った搾取される人々すなわちプロレタリアートはこの敵を退け、ノアの方舟ならぬ革命の勝利への道すじによって約束の地へ辿り着くというストーリーです。神秘劇ミステリアの体裁をとりながら、道化劇ブッフの世界を持ち込もうと、『ミステリア・ブッフ』と称していますが……。

メイエルホリド　それはいい。革命に相応しい民衆劇になりそうだ。

マヤコフスキイ　（すっかり乗せられて、登場人物＝ありふれた人間＝に成り切って朗誦する）わたしが誰か？　わたしは樵夫だ。蔦が絡む、鬱蒼たる読書家たち。思惟の森の樵夫だ。人間の魂の腕利きの仕上げ工だ。ごろ石の心臓の石切工だ。水の中でも沈むことなく、火の中でも焼けることはない——永遠の反抗の不屈の霊なのだ。わたしがやってきたのは、君らの筋肉を自らに纏うがためだ。聞きたまえ！　新しい山上の垂訓だ。雷鳴はいまだ鳴り止まない。暴風はいまだに鎮まらない。泥舟にひとしい地上の方舟に必死にしがみつく者は——間抜けどもよ——あわれ！　アララットを待つというのか？　アララットなどありはしない。どこにもありはしない。つまらぬ夢の話だ。予言者たちを見つめるのは止めよ。かつて人が敬い、そしていま人が敬うものを悉く引き裂くことだ。その時、約束の地はきっと君たちの足元にあるはずだーすぐそこにあるはずだ！

朗誦者たち、次々と現われる。

1（靴屋） あいつ、どこへ行った？

2（鍛冶屋） 俺の中へ入ったんだ。

3（百姓） 俺の中にもうまくもぐりこみやがった。

合唱 あいつはどこのどいつだ！　ええ、ままよ。道はひとつ、雲を越えて進むんだ！

3（百姓） 今こそ俺たちが百戦錬磨の伝道者となるんだ。

合唱 行こう。最後の力を試すのだ！

1（靴屋） 勝利者はすべて戦いの報いに憩いが授けられる。足よ棒になれ。おまえたちに大空の靴をはかせてやるぞ！

合唱 はかせよ。血まみれの足に大空の靴をはかせよう。青空は開かれ、大空の彼方へ、太陽のタラップを昇れ！　マストに登れ！　帆桁につかまれ！　帆桁につかまれ！

後ろから拍手しつつ、ルナチャルスキイが出てくる。

ルナチャルスキイ 革命後最初のオリジナル戯曲というにはシンボリックに過ぎはしないか。

フォルマリズムに陥ってはいないだろうか?

メイエルホリドとマヤコフスキイ (異口同音に)革命的とは、思想だけでなく、方法としての新しいフォルムが必要です。

ルナチャルスキイ もちろん、私は擁護するが……。

その声を押し潰すように叫ぶ一隊。

コロス

「プロレタリアートの正しき道を脅かす未来派《フトゥリスト》を排除しろ!」

「未来派を排斥せよ!」

コロスの長 革命こそ芸術における革命を約束する、あらゆる新しいフォルム、あらゆる自由を約束するはずだ、と考えるメイエルホリドやマヤコフスキイと、芸術を支配せずにはおかなかった革命とその信奉者たちとは、同伴しつつも一心同体となるはずはなく、大いなる火種を抱えていた。

コロスの長 だが、今だ革命は成就せず、赤軍対白軍の国内戦が続く時代、火種は一時隠されていた。むしろ、メイエルホリドは新政権のアジテーターだった。避難先の南の地で白軍の捕虜となり銃殺の危機に陥りながら、赤軍によって解放された後は、正統的ボリシェヴィキに変身した。

（7）

兵隊外套をはおり、レーニンの記章の付いた軍帽、ゲートルに長靴、すっかり赤軍兵士然としたメイエルホリドが登場。

改めて、ルナチャルスキイが迎える。

ルナチャルスキイ　ようこそ、フセーヴォロト・エミーリエヴィチ、今日からは君がソビエト演劇界の全責任者だ。教育人民委員部演劇局局長として思う存分やってくれたまえ。

周りの人々（コロスたち）からも歓迎のポーズ。次々と握手するメイエルホリド。

コロスの長　これもまたドクトル・ダペルトゥット氏一流の変身術であったかどうかは……ハハハ、疑わしい限りではあるが……ハッハッハ……。

メイエルホリド　来たるべきは革命の十月に続く演劇の十月だ。演劇に十月革命の到来を宣言する！

ルナチャルスキイやコロスの長、取り巻くコロスたちの拍手。

メイエルホリド　かねてより国家の手厚い庇護の下にあったモスクワのいわゆるアカデミー劇場、すなわちボリショイ、マールイ、モスクワ芸術座及びその第一、第二スタジオ、カーメルヌイ劇場などに牛耳られてきた人材や予算の分配を強く要求する！　すでにして、それらの劇場には、時代遅れのスタイルとレパートリーがあるだけではないか！

拍手、まばらになる。だが、意に介さず、

メイエルホリド　私は新しく発足したロシア共和国第一劇場の旗揚げ公演に、前世紀末、ベルギーのシンボリスト、エミール・ヴェルハーレンの叙事的韻文劇『曙』を取り上げます。これは、神話的な町オピドマニを舞台に、資本主義戦争がこれに反対する兵士たちによって国際的なプロレタリアの蜂起に転じていくさまを描いた芝居です。何が新しいかって？　まあ、見て御覧なさい。観客の皆さんは、この芝居があなたの直ぐ傍で起っていることに気づかれるでしょう。

突如、頭上から幾何学的な装置、赤や金銀色の立体形、円盤、円筒、ブリキを切り抜いた三角形、交錯するロープが降りてきて中空に浮かぶ。

コロスの長　メイエルホリドは弟子の美術家ウラジーミル・ドミートリエフを使って、舞台をピカソばりのキューービズム、前衛顔負けの造形で飾った。

メイエルホリド、ルナチャルスキイ、コロスの長を前景に残したまま、コロスたちが馳せ参じる。彼らを呑み込んだ群集が蠢く。喇叭の音。駆けつける赤軍兵士。歓呼の声。

コロスの長　しかも、まるで政治集会のような俳優の演説口調、オーケストラピットからドラマに注釈を加えるコロス、今の我輩のようにじゃ。そして、現在進行形の赤軍の勝利を伝える戦況報告。現代の演劇は野外を目指すというメイエルホリドの主張そのままが繰り出された。

後景の群衆から、「インターナショナル」の歌声が上る。

コロスA　最後の幕の「インターナショナル」の合唱には、高揚した全観客が和し最高潮となった。

メイエルホリド　演劇の十月の最初の所産は、その名に相応しい成果を得ました……。

演説のさ中、使者が走ってきて、メイエルホリドにメモが渡される。

メイエルホリド　私が何より嬉しいのは、我々に向かってこれが我々の演劇だと言ってくれる観客を持てたことです。ただ今、モスクワ駐屯の赤軍兵士たちから、『曙』を観に行き芝居に参加したい旨の申し出がありました。

ルナチャルスキイをはじめ、コロスの長たち拍手する。

メイエルホリド　赤軍兵士たちは、旗を担いで『ワーニャ伯父さん』を観に行く気にはならないでしょう。観客がこれまで受動的だった一番の原因は、観客を捕虜扱いしてきたモスクワ芸術座にあります。芸術座は、観客に対して熱狂の余り拍手しようとするのさえ許しませんでした。あなた方は捕虜でしかなかったのです。今や、芝居は楽しく、観客を興奮させ、解放するものとなったのです。

「インターナショナル」の合唱は一層盛り上がり、歓声がいちだんと増す。

コロスの長　だが、レーニン夫人クループスカヤが『プラウダ』に文章を寄せて……。

コロスB（女）　舞台はくだらぬファルスと化した。ロシアのプロレタリアートがシェークスピアの自惚れた道化の言うがままに手玉に取られているのは、ひどい侮辱である。

コロスの長　……と批判、冷や水をぶっかけると、さしものルナチャルスキイも尻込み……。

ルナチャルスキイ　『曙』の町オピドマニの上空を飛ぶピアノの蓋には、私は全く反対である。

コロスの長　ドクトル・ダペルトゥット氏のもう一つの顔が、ここまで露骨に現われては、ルナチャルスキイも自己防衛に動く。かくして、メイエルホリドの権限の大半は剝奪された。だが、『曙』も『ミステリア・ブッフ』の改訂版も人気を呼び大成功。新たにモスクワに設立された〈国立高等演劇工房〉の指導者となったメイエルホリド。一九二一年秋、第一回目の講座には八十名の受講者が集まった。

（8）

奥の扉から登場する青年男女の列。
一方に立つメイエルホリド。その助手、ワレリイ・ベーブトフ。校長の詩人にしてエリザベス朝演劇の権威、イワン・アクショーノフら教官が並ぶ。

青年男女、しかるべき位置に出て名乗る。

「セルゲイ・エイゼンシテイン、二十三歳、映画監督志望です」

「セルゲイ・ユトケーヴィチ、映画監督を志望しています」

「ニコライ、エック、同じく監督志望です」

「イリヤ・ババーノワ、俳優志望です」

「エラスト・ガーリン、同じく俳優志望です」

「ジナイーダ・ライヒ、二十七歳、俳優志望です」

コロスの長　すでに登場した若者たちは、皆様ご承知のように、みんなモノになりました。それも、すこぶる付きの。ジナイーダ・ライヒ、この人にだけはちょっと注釈を付けましょう。彼女は、十月革命以前は社会革命党の新聞『民衆の事業』の編集部書記であり、詩人セルゲノー・エセーニンと結婚、二児を儲けたものの離婚しております。後に、メイエルホリドが糟糠の妻オリガ・ムントと別れる原因を作ったのも彼女であり、やがて二人は……あっ、御大が出てきてしまいました。

メイエルホリドが受講者の前に出ると、彼らに大きなどよめき。師に対する狂信的な信仰すら窺える。

メイエルホリド　諸君、芸術において我々は常に素材をどう組織するかという問題を抱えている。芸術は科学的な根拠に立つべきであり、舞台芸術家はまた技術者でなければならない。演技者の芸術もまた自己の素材を組織すること、すなわち自己の肉体という表現手段を正しく使いこなす能力に他ならない。ここに編み出したビオメハニカという方法は、あくまでも肉体を前提とし、己の肉体を正しく制御することが、演技そのものを発火点の状態に到達させ、観客の心にも点火させるという言わば演技の核心に到らせるものだ。その上に立って感情の彩りを添えることができる。先ずはビオメハニカの訓練から始めよう。君たちを指導するのは、すでに今年五月の『ミステリア・ブッフ』改訂版で一躍スターになったイーゴリ・イリインスキイだ。紹介しよう。

イーゴリ・イリインスキイが登場。受講者たち、羨望の眼差しをもって迎える。

メイエルホリド　彼は弱冠二十歳に過ぎないが、すでに我々の目指す演劇を担う俳優の一人である。君たちも見習って、一日も早く肩を並べて欲しい、以上だ。

イリインスキイ　先ずは模範演技から入ります。

数組の演技者が登場。それぞれの位置につく。

イリインスキイ　個人用の練習、グループ向けの練習がありますが、例えば「弓を射る」とか「重い荷物をおろす」とか、「短剣を突き立てる」とか「胸倉に飛び乗る」とか、それぞれに名前が付けられています。では、今の順で一つ一つやってみましょう。

イリインスキイ自身も模範演技者の一人になり、彼の号令によって演技は始まる。
受講者たち、興味津々。

イリインスキイ　「弓を射る」！

左手に架空の弓、左肩は前方に突き出し的を見つけ、両足に等しく体重をかけ静止。背中の想像上の矢を取るために、右手を振り上げる。手の動きにつれ重心が後足に、手が矢を引き出し弓につがえる。重心が前足に移る。狙う。重心を後足に移しながら、弓を引き絞る。矢が放たれる。跳躍と歓声――で了。

イリインスキイ　次は、「重い荷物をおろす」――。

次々と演技進む。そして、ひと通りの模範演技が終ると、

イリインスキイ　では、皆さんもやってみましょう。先ずは、「弓を射る」から。

一同の演技、もはやイリインスキイの指示号令なしに、ビオメハニカは全体に波及し、群舞と化していく。

この間、その動きに沿いながら、装置の部分、材料が運ばれ、釘が打ち付けられ、セッティングが進む。

（9）

出来上がってみれば、『堂々たるコキュ』の舞台（通常の張物の枠組み、プラットホーム、それらを階段、滑走路、足場が結ぶ。さらに、二つの車輪、〈CR、ML、NCKの文字〉が書かれた大きな円盤、様々なスピードで回転し、登場人物のパッションに合わせて回る骨組みだけの羽根の付いた風車、作者フェルナン・クロムランクの指定した粉引き小屋を暗示させる、若手リュボーフィ・ポポーワの意欲的な構成主義の装置である）。

装置がすっかり整うと、主役ブルーノ役のイリインスキイが傍らの梯子を使って天辺まで文字通り舞い上がり、彼を迎える妻ステラ役のババーノワが階上に飛び出てくる。コンパスのようなすらりとした足を大きく開いて立つ姿はまるでしなやかな体操選手のよう。すかさずブルーノは彼女を自分の肩に担ぎ上げると、滑り台を滑り降りその大事な荷物をやさしく地面に下ろす。再び、逃げてはつかまえるというまるで恋人ごっこが生き生きとした動きの中で展開する。

コロス

「ブルーノとステラ、相思相愛、周りも羨むおしどり夫婦」

「ところが、亭主の方の度が過ぎて一度起った悋気《りんき》の焔は止まるところを知らず、あることないこと疑いだした」

「その挙句、亭主の出した結論は、証拠がない限り疑いは晴れぬ。ならば、目の前で自分がコキュになろうと、恋女房に男を押し付けた」
「今では村中の男が女房のもとに通ってくる」

その言葉通りに、男たちがビオメハニカの振りもよろしく一列に並んで登場。装置のあらゆる場所に上っていく。

コロス
「ところがどっこい……」
「亭主の妄想は治まらず……」
「女房の所に顔を出さない奴こそ本命と決め込む始末」

ブルーノ　まあまあ、静かに。花を毟ってしまっちゃ、実が口に入らない。ステラを見てやんなさい。なるほどぴちぴちはしてるが、これで存外脆いんだ。根は華奢なんだ。もちっとお手柔らかに願いたい。みんなで分けっこするなら、そのままにしておいた方がいい……ハハハ！　そこがそれ、なんとも言えないところじゃないか！

男たち　ひやひや！　ブルーノ万歳！

と――、そこへ押し入ってくる女たち。

女たち　ステラ！　腹の毛を毟るぞ！　頭の毛をちょん切れ！　河へぶち込め！

入り乱れて、てんやわんやのビオメハニカとなる。様々な打楽器と管楽器によるジャズ演奏、この場を囃し立てるように。

その動きの流れがいつの間にか整えられていき、男たちに担がれたメイエルホリドの登場となる。

コロスの長　一九二三年、メイエルホリドは芸術家としては六人目、演出家としては最初のロシア共和国人民芸術家の称号を得て、俳優二十五周年演出家二十周年の記念式典を飾った！

次いで、女たちに担がれて、ジナイーダ・ライヒの登場。

コロスの長　すでにその前年、ジナイーダ・ライヒはメイエルホリドの妻の座を、彼と二十五年の苦楽を共にしたオリガから奪っていた。メイエルホリドは人目も憚らず、強引にこの新しい伴侶に主役を振り当てていった。オストロフスキイの『森林』、ゴーゴリの『検察官』、そして、ババーノワの当たり役、『堂々たるコキュ』のステラ役までも。

ジナイーダ、ステラの扮装で舞台に立ち、早速演じようとする。周りの連中もその態勢に――。

コロスの長　待て待て、待った！　時間をニコライ・エルドマン作『委任状』の舞台にまで戻そう！」

ジナイーダを含め、男女の登場人物たち後退りに（あるいは回り舞台の効果よろしく）退場。

コロスの長　もはや恐いものなしのジナイーダにとって、これらの日々、たった一つの屈辱の時だったのだ、それは――。

（10）

入れ替わりに、皇女様の衣裳を着た料理女のナースチャ登場。迎えるグリヤチキナ一家の面々。衣裳が身に付かぬか、しきりにひねくり回すナースチャ。その所作の上品でないこと夥しい。

ナヂェジダ　まあ、全くよく似合ったよ、そっくり王女様だよ。

パーウェル　ナースチャ、ひとつ部屋の中を歩いてみておくれ。後ろからも見たいからね。

ワルワーラ　ナースチャ、そんな歩き方をしちゃ駄目よ。少しは気取らなくちゃいけないわ。いつか、小劇場で英国の皇女様を拝んだけれど、こういう風にね、床の上をすうっすうって滑っていらしたわよ。

ジナイーダ扮するワルワーラ、その様子をしてみせる。

パーウェル　お前もあの通りにやってごらんよ、ナースチャ。

ナヂェジダ　裾、裾を引摺ってるじゃないか。

パーウェル　ご免下さいまし（と裾を持つ）。

ナヂェジダ　まあ、全くよく似合うよ。そっくり皇女様だよ。

パーウェル　平和な時に、こうやって皇女様の裾を持っているような身分だったら、今頃僕達はどこにいるか解りませんね、お母さん。
ワルワーラ　兄さん、皇女様を玉座にお付け申さなくっちゃ。
パーウェル　ここへお坐り下さいまし、皇女様（と、椅子に腰掛けさせる）。
ナヂェジダ　皇女様！
ワルワーラ　本当にそうだったら、贅沢食堂だって返して頂けるわね。
パーウェル　ぼくだって、総理大臣にだって……。
ナヂェジダ　総理大臣にならなくったって、お役人になってくれるだけで……。
ナースチャ　私は一体何の上に腰を掛けているのでございましょう？
パーウェル　玉座にでございます、皇女様。
ナヂェジダ　あら、どうしよう、大変だ！
二人　どうしたんですか、お母さん？
ナースチャ　奥様、どうしたんでございますか？
ナヂェジダ　動いちゃいけないよ。ああ、神様、お守りくださいませ。動いちゃいけないよ。お前は、弾の込めてあるピストルの上に腰掛けているんだよ。
ナースチャ　ピストルの上に？　まあ、人殺し！
ナヂェジダ　ナースチャ、動いちゃいけないよ！

パーウェル　お前さえ釘付けになっていてくれたら、僕達もお前も命を失くさずに済むんだ。

ワルワーラ　少しでも動かしたら、飛び出すんだよ。弾が飛び出すんだよ。

ナースチャ　神様、もう駄目でございます。

ナヂェジダ　動いちゃいけないって、言ってるじゃないか。

パーウェル　ね、ナースチャ、お前、そっとしていて、お尻でね、ピストルがどちらを向いてるか、わからないかい？

ナースチャ　私は生きるか死ぬかの瀬戸際にいるんですよ。冗談仰らないでください。

パーウェル　お母さん、こんな危険な状態にいるよりは出て行きましょう。

ナースチャ　まあ、私を一人ピストルの上に乗っけておいて、行っておしまいになるんですか！

ナヂェジダ　そんなに震えたら駄目よ。弾が飛び出しちまうよ。

ナースチャ　あら、何かが引き金に引っ掛かっているようで……どうしましょう！

パーウェル　あの椅子の下へもぐり込むんだ。弾は下へは飛ばない！

一斉にもぐり込む。

ナースチャ　まあ……。

ナヂェジダ　（愚痴る）お前が玉座だなんていって腰掛けさせたりするから……。

パーウェル　動かないで下さい、お母さん。僕達の頭の上に、あの女のお尻があるんですよ。
ナースチャ　ああ。
三人　ああ……。
ナヂェジダ　あら、呼び鈴が鳴ってるよ。
ワルワーラ　きっと、スメターニチさんだわ。お迎えに出なくちゃ……。
ナヂェジダ　ああ、神様……。
ナースチャ　いやだあ、何だか下の方から、火薬のような匂いがしてまいりましたわ。
「ワーッ」と叫んで、椅子の下から飛び出していく一同。ナースチャも飛び上がって逃げ去る。場面転じて――。

（11）

楽屋。扮装のままの俳優たち。ワルワーラ役のジナイーダ、母親役のナターリヤ・セレブリャンニコワ、兄パーウェル・グリヤチキン役のエラスト・ガーリン、そして、ナースチャ役のエレーナ・チャープキナ。案内役のクニッペルが来て、
クニッペル　ね、みんな、聞いて驚くわよ。実は、スタニスラフスキイ先生がお見えになって

るの。初めて私たちの芝居を見てくださったのよ。

一同、感激の声。

クニッペル 今、うちの先生と一緒にこちらへいらっしゃるけど、特に名指しでエラストとエレーナが呼ばれているの。

ガーリン ぼくは偉い人の前に出るのは苦手だ。雲隠れするから、エレーナよろしくな。

チャープキナ ちょっと、待ってよ。

だが、ガーリンの逃げ足は速い。

間もなく、メイエルホリドの案内で、スタニスラフスキイが姿を見せる。

カチャーロフが附いてくる。クニッペルが迎える。

スタニスラフスキイ （皆に）今も話していたところなんだが、今日のメイエルホリドの舞台は、私が芝居はこうありたいと思っている通りの出来だった。俳優が生きていた。ともすれば、演出が優って、俳優の影が薄くなる彼の舞台が、今日は見違えるように皆が生き生きしていたよ。

一同、感激の面持ち。

スタニスラフスキイ （チャープキナに気づき、手を差し伸べながら）よかったよ。ありがとう。

チャープキナ、神様の前に立つように体を硬くしている。

スタニスラフスキイ （それをほぐしてやろうとばかり）一体、どうなっているんだろうね？　愚にもつかぬことや馬鹿げたこと、たわごとばかり言っているのに、信じ込まされる。はっはっは……。

スタニスラフスキイ、穏やかに彼女の肩を叩きながら、近くに立っているセレブリャンニコワにも軽く肯きつつ、その場を離れていく。

メイエルホリドも、喜びと興奮を隠さず、かつての師に従う。

ジナイーダ、急に泣き出す。その場に止まったクニッペルとチャープキナが何事かと近寄る。

クニッペル　どうしたの？

ジナイーダ　（泣きじゃくりながら）スタニスラフスキイ先生は、私には声も掛けてくれなかった。ワルワーラの役については、一言も言ってくれなかった……。

クニッペル　でも、今日の舞台は最高だったと誉めてくださったじゃない。あなたの芝居も認めてくださったのよ。

ジナイーダ　いつもより、私ずっと出来が悪かったわ。

クニッペル　いつもより出来が悪いなんて、そんなことはないわよ。あんなものよ。

それを聞いて、一層大声で泣くジナイーダ。慰めようとしたその言葉が逆効果だったようだ。クニッペルとチャープキナ、顔を見合わせる。もはや、慰めようがない。

歌になる――。

歌いつつコロス隊の登場。

歌『あんなものよ』

あんなものよ　こんなものよ
世の中　そんなものよ

どの道　陽は昇るし
曇る日は　曇りか雨か雪
嵐の夜は　夢も吹雪くさ

あんなものよ　こんなものよ
世の中　そんなものよ

どの道　人は恋をし
死ぬだの　生きるだのと騒ぐが
恋を得るか　失うか　ぐらい

あんなものよ　こんなものよ
世の中　そんなものよ
もっと気楽に　もっと自由に
もっと　もっと　もっと……
他の登場人物たちも次から次と現われて、歌に声を合わせていく。
あんなものよ　こんなものよ
世の中　そんなものよ
でも、それでは済まない男がいる
（声が入る）メイエルホリド！
でも、それでは済まない女がいる

（声が入る）ジナイーダ？

あんなものよ　こんなものよ
世の中　そんなものよ

でも、それでは済まない主義がある
（声が入る）コミュニズム！

でも、それでは済まない組織がある
（声が入る）ボリシェヴィキ！

あんなものよ　こんなものよ
世の中　そんなものよ

でも、それでは済まない国家がある
（声が入る）ソビエト！

でも、それでは済まない権力がある
（声が入る）スターリン！

あんなものよ　こんなものよ
世の中　そんなものよ

どの道　人は死ぬし
死ぬまでは　生きるということ
運がいいか　悪いか　ぐらい

あんなものよ　こんなものよ
世の中　そんなものよ
もっと自由を　もっと命を
もっと　もっと　もっと……

コロスの長　エルドマンの『委任状』、そしてゴーゴリの『検察官』と続いたメイエルホリドの風刺劇は、過去の旧体制にしがみ付く人々を風刺しているようであって、実は痛烈な今日現在の体制批判になってしまった。

そのバックに歌は続く。

コロスの長　メイエルホリドがかつて『大地は逆立つ』を赤軍と共にその名を記して捧げたレフ・トロツキイは党を除名され国外へ追放となった。メイエルホリドの芝居を愛し褒め称え擁護した党の幹部たち、人民委員会議議長ルイコフをはじめカーメネフ、ジノヴィエフ、ブハーリン、革命軍司令官フルンゼらは、まるで判を押したように悉く潰え去っていく。

全員で、歌高まる。

あんなものよ　こんなものよ
世の中　そんなものよ
もっと気楽に　もっと自由に
もっと　もっと　もっと……

あんなものよ　こんなものよ
世の中　そんなものよ
もっと自由を　もっと命を
もっと　もっと　もっと……

歌を遮るように、鉄扉が閉じられるような轟音。まるで監獄の檻を連想させる音だ。暗転、そして幕。

第三幕

(1)

ピアノによる旋律が先行して——。
やがて、幕が上るか溶明のなかに、ピアノを弾く青年。二十二歳のショスタコーヴィチ。
その背後にメイエルホリド姿を見せるが、しばらく立ったまま聞いている。

ショスタコーヴィチ (気配に振り向き) あっ、先生。
立ち上がって駆け寄る。

メイエルホリド よく来てくれたね。ここずっと、レニングラードだろう。

ショスタコーヴィチ 先生のお呼びとあらば。それに、今度の舞台の音楽を任せて頂けるなんて光栄です。

メイエルホリド　正直言うと、プロコフィエフに断られたんだ。
　あからさまにがっかりした様子のショスタコーヴィチ。
メイエルホリド　いやいや、君とはいずれ仕事をしたいと思っていたから、渡りに舟。
　直ぐに機嫌を直しているショスタコーヴィチ。
メイエルホリド　今弾いていたのは、今度の『南京虫』のためのデッサンかい？
ショスタコーヴィチ　ええ、如何でしょうか？
メイエルホリド　君のオペラ、ゴーゴリの『鼻』の一節に似たところがあった。君の曲だってことが、すぐにわかるよ。
ショスタコーヴィチ　（恐縮して）気がつきませんでした。
メイエルホリド　わかるってことは悪いことじゃないんだ、芸術家にとって。いずれ『鼻』は私もやってみたい。ボリショイ劇場でね。マールイ劇場でのその後は？　このところ音沙汰なしだが……。
ショスタコーヴィチ　リハーサルには入ったんですが、斬新過ぎるって歌手たちに反対者が多いんです。
　メイエルホリド、頷いている。
ショスタコーヴィチ　いや、それよりお詫びするのが遅くなりました。たった二ヶ月で退散しちゃって……。

メイエルホリド　あれだけの交響曲を書いた君が、うちの劇場の専属ピアニストで収まるわけがない。こういう形で、君が戻ってきてくれて嬉しいよ。ところで、マヤコフスキイとの仕事も初めてだろう？

ショスタコーヴィチ　ええ。十三歳の時に、あの人の詩を読んで以来、朗読会があれば聞きに行きました。あの人の声にも魅せられました。「ねえ、ぼくらはみんなすこしずつ馬なんだよ、ぼくらは誰でもそれぞれ馬なんだよ」……「馬との友好関係」なんか今でも好きです。

メイエルホリド　それはよかった。おっ、噂の先生がお見えになったぞ。

マヤコフスキイ（三十五歳）だ。ネクタイにスーツ、バシッと決めている。因みにこの時、メイエルホリド五十四歳。

メイエルホリド　紹介しよう。作曲家のショスタコーヴィチ君、詩人のマヤコフスキイさんだ。

二人、近づく。ショスタコーヴィチ、晴れがましく。マヤコフスキイ、右手を差し出すが、二本の指のみ。

ショスタコーヴィチ、それを自分に対する侮辱と受け取り、憤然。指を一本にして突き出す。指と指が衝突。

マヤコフスキイ、冗談が通じぬ若造と見て挑戦に応じる構え。だが、余裕は見せて――、

マヤコフスキイ　君はどんな曲を書いている?
ショスタコーヴィチ　交響曲、オペラ、バレエ曲などです。
マヤコフスキイ　消防夫の楽隊は好きかい?
ショスタコーヴィチ　そりゃあ、好きな時もあれば、嫌いなときもありますよ。
マヤコフスキイ　ぼくは、これが一番好きなんだな。『南京虫』もそれでやってくれないか。交響曲なんかいらないから。
ショスタコーヴィチ　じゃ、消防音楽隊を招いたらいいでしょう。ぼくは降ろしてもらいますから。
メイエルホリド　(マヤコフスキイに)彼はもうデッサンを書いているんだよ。(ショスタコーヴィチに)聞かせてあげたら。
ショスタコーヴィチ　先生がやれとおっしゃるなら、やりますよ。でも、マヤコフスキイさんが聞きたいと言われない限り、やっても無駄でしょう。
マヤコフスキイ　君が弾くのを止めやしないよ。聞こえてくるのを、耳を塞ぐまではしないよ。
ショスタコーヴィチ　聞きたいんですか?
マヤコフスキイ　聞かないとは言ってないだろ。
メイエルホリド　(独白)今まさに二つの頑な魂がぶつかっている。ギリシャ悲劇が神の劇から人間の劇へと転換するには、この対立するディアローグが必要だった。そこから、我々の演劇は始まったのだ。

その間も言い合いを続けていた二人の声が、再び聞こえ出す。

ショスタコーヴィチ　聞きたいんですか？　聞きたくないんですか？

マヤコフスキイ　聞かないとは言ってないだろ。

メイエルホリド　（独白）ああ、もはやこの対立を解決に導くには、デウス・エクス・マキーナしかないか！

その時、鳴り物入りで、デウス・エクス・マキーナばりに現われる装置と人物。

やがて、降りてくるのは、檻とその中のプリスイプキン（『南京虫』の主人公）に扮するイーゴリ・イリインスキイ。

（2）

「さあ、皆さん、お立合い！」

声がして、いつの間にかコロスの長現われて、口上となる。

コロスの長　『南京虫』のさわりをご覧に入れましょう。イリインスキイ扮するプリスイプキンは共産党員でありながらプチブル丸出し、自分の結婚式で同類の人々とドンチャン騒ぎのあまり火事になり消防隊の放水で命拾いはしたものの、そのまま地下室で冷凍漬けになっていた。

降下してきた檻が着地する。

コロスの長　それが五十年後の輝かしい未来に発見され蘇生はしたものの、彼に寄生して生き延びた南京虫と同じ扱い。動物園の檻に入れられて。えーと、ここでメイエルホリド氏に、演出意図を聞きましょう……。

メイエルホリド　変貌した未来社会を見せようというのではない。今日蔓延っている病が問題なのです。狙いは今日の悪徳を叩くことです。

コロスの長　……ということだそうです。では、エンディングをちらりと……では、動物園長の科白からどうぞ！（と、マヤコフスキイを指す）

マヤコフスキイ　動物園長！（と、辺りを見回すが、誰もいないので役になり代わり）失礼しました、失礼しました！　二匹の生物のうち、こちらは実は人物のかたちをしたニセの人間でありまして、最も寄生的な寄生虫であります。この二匹は大きさこそ異なれ、本質的には同一生命であります。一匹はかの有名なクロープス・ノリマリスすなわち南京虫、もう一匹はアブィヴァーチェリウス・ブルガリスすなわち俗物であります。働く人類が革命によって身辺の泥を払い落とし未来の建設に立ち上がったとき、これらの寄生虫はその泥の中に巣をつくり、怠惰な生活を営んだのでありました。特にこの大きいヤツは化け物じみた擬態によって詩を書くコオロギや流行歌を歌う小鳥に変貌し、舞踏会やインターナショナルの曲に合わせて足を擦り合い、マルクスに則ってトルストイを刈り込み……。

イリインスキイ（プリスイプキン）　ああ、ルナチャルスキイ通りの、忘れもしない、古い家、幅広い慕わしい階段、雅やかな窓窓！

マヤコフスキイ（動物園長）　皆さん、恐がらずにもっとお寄り下さい。おい、何か短い言葉を喋ってみろ。人間の言葉や声を真似するんだ。

イリインスキイ（プリスイプキン）（持っているギターを投げ捨て）皆さん！　兄弟！　どこから来たんです？　あんた方はいつ氷漬けになったんですか？　なぜぼく一人だけ檻に入ってるんです？

コロス隊（群衆の声）　子供、子供に見せるな！　口輪だ、口輪をはめろ！

マヤコフスキイ（動物園長）　失礼しました。昆虫は疲れておりました。騒音と照明のせいで幻覚に囚われたようです。明日になれば鎮まります。また、明日お出で下さい。音楽もお願いします。行進曲を！

　檻に覆いが掛けられる。
　ショスタコーヴィチ、先程来すでに伴奏音楽を付けていたが、愈々乗ってきて行進曲を弾く。

コロスの長　時代に対する痛烈な風刺は、反転して作家たちへの批判となった。だが、メイエルホリドは若手の詩人イリヤ・セリヴィンスキイの国内戦を扱った『第二の軍司令官』を壮大な叙事詩に仕上げた後、『南京虫』から一年をおかずに、マヤコフスキイの挑発的風刺劇『風呂』を上演した。今度はショスタコーヴィチがいないのがチョッピリ寂しいねえ。

（3）

プロセニアムの召使をはじめとする黒衣の活躍によって、『風呂』劇中の事務所のセッティング。調和管理局長官ポベドノーシコフと肖像画家兼戦争画家兼風景画家イサク・ベリヴェドンスキイ。タイピストのアンダートンも控えている。

ベリヴェドンスキイ　同志ポベドノーシコフ、革新的な官吏としてのあなたをぜひ描いてみたいのです。

ポベドノーシコフ　困るな、それは！　そういう下らんことのために国務をゆるがせにはできん。しかし、それほど方々から要求があるとすれば、勤務中に描いていただくという条件でお受けしましょう。私はこの事務机の前に坐っているから、絵のほうは回顧的にだね、たとえば乗馬中であるかのごとく描いてくれたまえ。

ベリヴェドンスキイ　その馬はすでに自宅で描いて参りました。疾走中のすばらしい馬です。ああ、かくも功労のある方がなんという控え目なお姿でしょう！　その革命的なおみ足の線を描かせて下さい。これほどの純粋な線はミケランジェロに匹敵しますな。ミケランジェロを御存知で？

ポベドノーシコフ　アンジェロフ？　アルメニア人かね？

ベリヴェドンスキイ　イタリア人です。

ポベドノーシコフ　ファシストか？

ベリヴェドンスキイ　何をおっしゃる！

ポベドノーシコフ　知らんな、そんな男は。

ベリヴェドンスキイ　御存知ない？

ポベドノーシコフ　その男は私を知ってるかね？

ベリヴェドンスキイ　さあ、どうでしょうか……やはり画家でして。

ポベドノーシコフ　ああ！　それなら知っててもいい筈だ。絵描きは大勢いるが、調和管理局長官は私一人だからな（ノック音）入り給え！

遣い込みをした男、ノーチキンが入ってくる。

ポベドノーシコフ　きみか！　飲んだんだな！

ノーチキン　バクチです。
ポベドノーシコフ　おそろしいことだ！　言語道断！　何をしたか？　遣い込みだ！　どこで？　私の役所で！　いつか？　私がこの役所を社会主義に向って導きつつある時に、だ。カルル・マルクスの天才的な例にならい、中央の指示にしたがって、この私が！
ノーチキン　そんなことをおっしゃるなら、マルクスだってバクチをやりましたよ。
ポベドノーシコフ　マルクスが？　バクチを？　うん、ときどきはトランプのバクチをやったけれども、金を賭けてはいなかった……。
ノーチキン　いや……金を賭けたんです。
ポベドノーシコフ　そうですよ。しかし、自分の金です。役所の公金じゃない。
ノーチキン　マルクスの研究家なら誰でも知ってるじゃありませんか。彼がいちど公金に手を出した有名な事実を。
ポベドノーシコフ　もちろん、その事実は、いわば歴史的前例としてだね、きみの行為を大目に見るよう強いるのだが、しかし……。
ノーチキン　くだらねえ、聞いちゃいられねえよ！　マルクスがバクチなんかやった筈がねえじゃねえか。お前さんなんかと話もできやしねえや！　お前さん、人間のことばが分るのかい。書類を詰めこんだ鞄だよ、あんたは！　事務用のクリップだよ！

ポベドノーシコフ　な、なんだと！　愚弄するのか？　直接の上司にむかって！　完全無欠のマルクスにむかって！　逮捕させるぞ！

ベリヴェドンスキイ　同志ポベドノーシコフ！　そのままで！　この瞬間を子々孫々に伝えましょう。

アンダートン　は、は、は！

ポベドノーシコフ　同情するのか？　遣い込みをやった男に？　笑うのか？　しかも口紅を塗ったくちびるで？　出て行け！　みんな、出て行け！

舞台袖に登場する演出家。ポベドノーシコフ、別人の如く、イヴァン・イヴァノヴィチやマダム・メザリヤンソヴァを伴って――。

演出家　あ、ポベドノーシコフさん、一幕と二幕はご覧になっていただけましたか。そうですか、いかがでございました？

ポベドノーシコフ　なかなか、よかったな！　掴み方がするどい、観察もこまかい、しかしだね、にもかかわらず、どうもいかんところがある……。

イヴァノヴィチ　いかんなあ、いかん。

演出家　その点はいつでも訂正するよう努力いたしております。具体的におっしゃっていただけますなら。

ポベドノーシコフ　うん、現実はこんなもんじゃないよ。たとえば、ポベドノーシコフという御仁だ。どうもよろしくない。明らかに責任ある地位にある同志が、ああいう書き方をされて……これはぜひとも作り変え、調子を和らげ、詩的にして、角をとって……これでは所詮上演は無理ですな。

演出家　何をおっしゃいます。同志、ぜひとも許可していただかないと……。

ポベドノーシコフ　許可しません。全労働者農民の名において頼みます。どうか私を興奮させないでいただきたい。諸君の仕事は耳や目を楽しませることです。興奮させることじゃない。

メザリヤンソヴァ　そうよ、そうよ、楽しませることよ。

ポベドノーシコフ　われわれは国家的社会的活動を終えたのちに休息したいのです。戻るべし！　古典作家《クラシック》へ！　呪われたる過去の偉大な天才たちに学ぶことですな。

突如、轟音、破裂音、花火。

『燐光の女』が現われる。ジナイーダが扮し、近未来的な衣裳に身を包んでいる。委任状と書かれた光り輝く巻物を持って。

燐光の女　こんにちは、皆さん！　過去ではなく未来へ！　私は二〇三〇年からの使節です。そして、これが委任状です。

ポベドノーシコフの秘書オプチミスチェンコが慌てて近づき、委任状を覗き込む。

オプチミスチェンコ　「コミュニズム誕生史研究所」、なるほど……「全権を委任し」、よろしい……「優秀なる人々を選考して」、分った……「共産主義の世紀へ移住せしむること」、何ということだろう！　ああ、なんてことだろう。

すかさず〈共産主義世紀移住者選考事務所〉の看板が立てられる。たちどころに長い列ができる。オプチミスチェンコがちゃっかり受付係。遅れをとったポベドノーシコフ、ぶつくさと不平を鳴らす。

ポベドノーシコフ　ええい、こんなことを続けていられるものか。ただじゃおきませんぞ。このことは壁新聞に書いてやる！　官僚主義や縁故主義とは闘わなきゃならん。私は要求します。順番外にしなさい、私を！

オプチミスチェンコ　同志ポベドノーシコフ、資格検査と選考に、官僚主義なんて変じゃありませんか。あの女《ひと》を怒らしちゃ損ですよ。どうぞ列の外でお待ち下さい。列が全部すめば、自然と順番外になります！

燐光の女　さあ、二〇三〇年行きの最初の時間列車はまもなく発車いたします。この時間の機械を作った労働者にして技術者、数学者のチュダコフ以下の同志諸君、用意はできましたか？

チュダコフをはじめとするウォスキン、ヴェロシペーキン、ドヴォイキンら、威勢よく応じる。乗客たち、〈時間の行進〉と書かれたプラカードを持って四方から入ってくる。割り込んでくるポベドノーシコフたち。

ポベドノーシコフ　乗車の案内人はどこだ、私の席はどこだ、もちろん下段だろうな？

燐光の女　時間の機械はまだ完全には出来上がっていません。他の皆さんと一緒に立っていくのです。

ポベドノーシコフ　同志諸君、我々の生きる現代にあって、私の管轄下この時間の機械が発明されました。この機械はすばらしいものであり、愉快であります。なぜなら、一年に一度休暇をとるとして、そこで一念発起し一年を前進させないとする。その場合、私たちは一年に二年分の休暇をとることができる。また逆に、私たちの月給日が一ト月に一日であるとして、そこで一ト月を一日のなかに一突き突っ込んでやれば、私たちは一日ごとに一ト月の月給を取ることができる。したがって、同志諸君！……。

「引っ込め！」「やめろ！」「御託を並べるな！」「チュダコフ、この野郎の時間のスイッチを切っちまってくれ！」と声。

燐光の女　皆さん、最初のシグナルを合図に、私たちは老いぼれた時間を引き裂いて前進します。コンミューンの人たちと一つでも共通点を持つ人はどんな人でも未来に受け入れてもらえるでしょう。楽しみながら働ける人、心の底から自分を捧げたい人、創り出すことに飽きない人、人間であることを誇らしく思う人なら、どんな人でもです。しっかりと固まってください。

がらくたで重くなったバラストや懐疑主義で空っぽになったバラストは、飛んで行く時間が掃き落としてくれます。粉々にしてくれます。では、一、二、三！

花火が一瞬弾け、真っ暗になる。

やがて、取り残された人々が明らかになる。ポベドノーシコフをはじめオプチミスチェンコ、ペリヴェドンスキイ、イヴァノヴィチら。

ポベドノーシコフ　あの女も、あんた方も、作者も——、一体この芝居で何を言わんとしたわけだ？　まさか、我輩みたいな人間はコミュニズムに必要でない、なんてことじゃありますまい！

徐々に、明かりが消えて——。

再び——明かり。

ポベドノーシコフを演じたマクシム・シトラウフを囲むように、燐光の女のジナイーダ・ライヒら俳優たちが舞台に登場。

観客のアンコールに応える。

彼らに導かれ、彼らが後景に退くと、マヤコフスキイとメイエルホリドが舞台に。

拍手、大喝采となる（だろう）。

コロスの長　（手振りで拍手を抑えながら）皆さん、そんなに拍手しないで頂きたい。たしかに、『南京虫』の方は観客の受けもよかった。なにしろ、イリインスキイの神がかり的な主人公のお蔭で大いに受けた。しかし、後の『風呂』の方は観客からそんなに拍手は貰えなかったんです。芝居のスタイルが少々時代に先行していたからでしょう。

この間、コロス隊、マヤコフスキイとメイエルホリドを取り囲むような位置取りに。（すでに、俳優たちは退場している）

コロスの長　となると、圧倒するのは批判の声です。検閲で相当な削除を被ったにも拘らず、マヤコフスキイはその毒を密かにしのばせ、メイエルホリドはさらに拡大《デフォルメ》して風刺のトゲを先鋭化したからです。

コロス

「『風呂』とは何だ！　チースチチ、汚れを落とすだって？　官僚たちをチースチチするだって？　じゃ、まるで、党大会の決議の、粛清チーストカをからかってるんじゃないか！」

「風刺は社会主義の理念を害するだけだ！」

「社会主義を冒瀆するマヤコフスキイを吊るし上げろ！」

「マヤコフスキイを吊るし上げろ！」

「新時代の演劇をドタバタへと退行させるメイエルホリドを締め出せ！」

「メイエルホリドを締め出せ！」

コロスたちのシュプレヒコールに取り囲まれ、後方へ追い詰められていく二人。

コロスの長　ロシア・プロレタリア作家協会いわゆるラップの言論統制は今や天下を制していました。

コロス

「ソビエトの現実を肯定的に描け！」

「悪辣な歪曲、殊更な揶揄を許すな！」

コロスの長　誰も口にしませんでしたが、観客も批評家も『風呂』のポベドノーシコフにスターリンの影を見ていました。だから、密かに恐怖を感じてもいたのです。

コロスたち　（まるで呪いをかけるように）口は禍のもと、キジも鳴かずば撃たれまい。

その時、ダーン、とピストルの発射音。取り囲んでいたコロスたち、一斉に飛び退く。すでにメイエルホリドの姿は見えず、マヤコフスキイがシャツの胸を真っ赤に染めて立っている。拳銃が傍らに転がっている。コロスたち遠巻きにしている。やがて、くずおれるマヤコフスキイ。

と、――若い女（愛人ヴェロニカ・ポロンスカヤ）が駆けつける。横たわるマヤコフスキイの前で立ち竦む。

次いで、年上の女（宿命の女リーリヤ・ブリーク）走り込む。さらに数人の女。

まるで、静止画像、活人画のような数瞬があって――、彼女たちによって、マヤコフスキイの詩「声を限りに」が読まれる。

「ようこそ、子孫の同志諸君！　化石になった今日の塵芥を掘り返し、ぼくらの時代の暗闇を研究するとき、きみらはきっと、ぼくのことを質問するだろう。すると、きみらの学者先生はこう言うだろう。むかしむかし、こんな熱湯の唄うたいがいました、その人は生水の強敵でした、と……。」

「聞いてくれ、子孫の同志諸君、このアジテーターの、どなり専門の男のことばを。ポエジイの流れの音をかき消し、ぼくは跨ぐぞ、ちっぽけな抒情詩集どもを。生者対生者できみらと語りながら……」

「ぼくは行く、きみらのコミュニズムの彼方へ。ぼくの詩はとどくぞ、世紀の山脈を越えて、詩人や政府の頭上を越えて」

「詩を葬った書物の墓場で、ひょっくり詩行の鉄片を見つけたら、きみらそれに恭しく触ってくれ。古めかしいが恐ろしい武器のように」

「死ね、ぼくの詩、死ね、一兵卒のように、名もないぼくらの兵隊が突撃のとき死んだように！」

声が響くなかで、溶暗。

（4）

メイエルホリドとジナイーダのサロン。

ブリューソフ街の芸術家共同出資アパート内。ジナイーダが女王然と君臨するなか、大勢の客が詰めかけている。

ジナイーダ　そちらお酒は足りていらっしゃる？

客1　ええ、十二分に。それ以上に贅沢な気分を味わっていますよ、あなたがいらっしゃるだけで。

ジナイーダ　それなら、いつものことじゃありませんこと？

客2　いや、彼は先日来妄想のなかにいるんですよ。『椿姫』を見てからというもの、今でもあなたがマルグリットに見えるんですから。

客3　それも無理はないさ。あなたの椿姫は絶品だった。美貌はもちろん、気品といい、堂々たる振舞いといい……。

ジナイーダ　きっと私には娼婦が合うんでしょうよ。

客4　『燐光の女』も素晴らしかった。あのモダーンな宇宙服のあなたは！

ジナイーダ　私もあの役は気に入っていたわ。マヤコフスキイには、もっともっと新しい役を書いて貰いたかったのに……。

客5　未だに信じられないな、彼が自殺するなんて。『プラウダ』に友人たちが連名で書いてるだろう、「彼を知り愛していた我々にとって、自殺とマヤコフスキイとは相容れぬものだ」って……。

客6　そうとばかりは言えない。彼はまるで死と戯れるように書く。「ぼくの心臓は銃撃へとかけだし、ぼくの喉は剃刀を夢見る」。こういう詩句を探そうとすれば限りがない。

メイエルホリド　私にはマヤコフスキイの死は、プーシキンの、そしてレールモントフの決闘による死のように感じられる。プーシキンを倒したフランスの亡命士官ジョルジュ・ダンテスの役回りは、あのラップの先鋭、批評家のエルミーロフだったとも言えるんじゃないか。

客6　しかし、遺書からは、「愛の小舟は打ち砕かれた……」と……。

メイエルホリド　若い女優との愛、宿命の女を巡る愛、それぞれの三角関係、皆さんご承知のように、まだまだある。それらは複雑な化学結合式にさえ見える。だが、彼の女への愛という絶対は、もう一つの、革命に生きる詩人としての絶対と共に、絶体絶命の淵に立っていた。次に私がレニングラードのマールイ劇場で演出するチャイコフスキイのオペラ、プーシキン原作の『スペードの女王』の主人公ゲルマンのように、だ。高嶺の花、伯爵夫人の姪リーザへの愛、一攫千金を得るためのギャンブル。無一文でリーザの愛を得たにも拘らず、彼はそれに相応しい己の価値をギャンブルに求めずにはおかない。原作では、最後のギャンブルの相手は、リーザの元の婚約者だが、私はその相手に見知らぬ謎の男を登場させるつもりだ。そこで、思いだしてほしい、レールモントフの『仮面舞踏会』で主人公を唆し、罪のない妻に毒を盛らせたあの謎の男を——。

一同、メイエルホリドの話に耳を傾け、しわぶき一つ起らぬ。そのしじまに、人影が動いた！
一瞬、その人物は、さながら、今話に出た『仮面舞踏会』の謎の男の特徴のままに、黒のドミノ外套に薄気味の悪い白のイタリア仮面をつけている。

メイエルホリド （気づいて）誰か！　誰だ？

消えている。
再び、一同はメイエルホリドの話も忘れたかのように、雑談に興じている。ジナイーダもまた——。

コロスの長　マヤコフスキイの家のサロンがそうであったように、メイエルホリドとジナイーダのサロンにも、彼らの友人知人としてОГПУ《オーゲーペーウー》すなわち合同国家政治保安部の面々、秘密警察的なチェカー員が身分を隠して出入りしていたのです。

（5）

場面、一気に変わって、マールイ・オペラ劇場。『スペードの女王』が上演されている。
亡霊のお告げの場。吹き荒れるような曲。歌うゲルマン。

ゲルマン　奇妙な恐怖が俺を捉える……あそこだ、あそこに何かが来る、ああ、恐ろしさに耐えられぬ。

伯爵夫人の亡霊現われる。

亡霊　わたしは意ならずしてここに来た。お前の願いを叶えるために。お前はリーザと結婚しなければならぬ。覚えておけ、三枚のカード、三と七と、そして最後がエース。

真夜中のリーザとの別れの場。ゲルマンの姿を見つけ、駆け寄るリーザ。

リーザ　わが愛する人、わが夫……。

抱き合う二人。

ゲルマン　時は急ぐ。一緒に来てくれるね。

リーザ　世界の果てまでもついて行くわ。

ゲルマン　じゃ、先を急ごう。

急に、

ゲルマン　賭博場へ！

リーザ　おお、天よ、あなたは気でも狂ったの。

ゲルマン　あそこには金の山、莫大な財産は私一人のためにある。

リーザ　どうして熱に浮かされてるの？

ゲルマン　忘れていたよ、君は秘密を知らないんだな、三つのカードの。覚えているだろう、伯爵夫人から聞き出したんだ。

リーザ　なんて恐ろしい、狂っているわ。

ゲルマン　我が身が恐くて彼女は秘密を隠していた。今夜夫人が現われて、三枚のカードを教えてくれた。

リーザ　まさか、彼女を殺したのは、あなた！

ゲルマン　いや、ピストルをかざしただけだ。そうしたら、あの老いぼれは自分で倒れた。

リーザ　それが本当のことなのね。本当すぎるわ（絶望して、ゲルマンを振り払う）。

ゲルマン　立ち去れ！　誰であろうと、もはやお前は私の知ったことじゃない。

リーザ　ああ、ゲルマン、失われた魂……わが魂も彼と一緒に失われてしまった。

身を流れに投じる。

賭博場。
3と7のカードで一人勝ちのゲルマン。卓上の金が集められ、ゲルマンの前に堆く積まれる。

ゲルマン　誰か、最後の賭けをするものはいないか、一枚のカードで！
「私がやろう！」と応じる声。見知らぬ謎の男の登場。例の仮面の男だ。周りの男たち、反対の声を上げる。
「やめておけ！　もう勝負はやめだ、狂気の沙汰だ！」

謎の男　まあ、任せておけ、洗い浚い賭けようぜ！

ゲルマン　あんたか、私に対抗しようというんだな。

謎の男　来い、配れ、勝負！
トランプの札がめくられる。

ゲルマン　（勝ち誇って、カードを相手に見せながら）エースだ！

謎の男　いや、クイーンじゃないか。お前さんの負けだ！

ゲルマン　何だって？　クイーンだと？

謎の男　スペードのクイーンだ！

ゲルマン、カードを改めて見直す。

ゲルマン　伯爵夫人がいつの間に？　笑ってるな、私を狂わせる気か？　呪われた魔女め！　貴様、何が望みだ！　私の命か？　よし、くれてやる！

所持していたピストルで己の胸を撃つ。

暗転――。

暗闇の中から声――。

声　スペードの女王を引いたのは、はたしてゲルマンだけか？　マヤコフスキイは？　メイエルホリドは？

（6）

明るくなると、新劇場の建設工事現場。

旧凱旋広場、後のマヤコフスキイ広場に面している。

メイエルホリドが記者たちの一団に説明をし、構想を語る。上機嫌である。

メイエルホリド　これが私の新しい劇場です。このスケールは、皆さんの度肝を抜くでしょう。輪郭が大分はっきりしてきたのでお判りのように、馬蹄型の円形劇場の形を取り込んでいます。

記者1　収容人員は？

メイエルホリド　千六百人です。

記者2　あれは張出し舞台ですか？

メイエルホリド　その通り、よく見てくれましたな。ひょうたん型で奥行き二十四メートル、最大幅も、七、八メートルあります。また高さが変えられる二つの回転舞台も用意しました。

記者3　屋根はどうなります？

メイエルホリド　ホール全体をガラスの天蓋で蔽います。これで日光を採り入れることも自在というわけです。

記者4　ところで、気が早いのですが、完成した暁のレパートリーについて伺いたいのですが。

メイエルホリド　いいや、決して気の早い質問ではありませんよ。今、私たちは仮小屋というか狭いパッサージ劇場での上演を強いられています。だから、早くスケールの大きいものをやりたい。先ずは『ボリス・ゴドゥノフ』、バーベリとエルドマンによる新しい脚本でメリメの『カルメン』、『オセロー』、もちろんスケールアップして『ミステリア・ブッフ』の再演、さらにピカソの装置で『ハムレット』もやってみたい。

記者5　ソビエトの現代演劇は？　このところ、レパートリーにそれがないのを非難する声が高まっていますが。

メイエルホリド （露骨に不機嫌さを見せつけて）いいものがあれば、取り上げるのにやぶさかではありません。これまでにも取り上げてきたし、今後もその姿勢に変わりはありません。しかし、ろくなものがない現状では仕方がない。

記者5 （執拗に食い下がる）しかし、『プラウダ』はケルジェンツェフの署名入り論文を掲載しましたが、それには、革命二十周年に当って七百にものぼるソビエトの職業劇団のうちただ一つ、十月革命を祝う特別の芝居も、ソビエトのレパートリーも持たない劇団がある、それはメイエルホリド劇場だとまで指弾しています。

メイエルホリド （遂に堪忍袋の緒が切れ）では、真相を教えよう。実はニコライ・オストロフスキイの『鋼鉄はいかに鍛えられたか』を脚色した『ある人生』という舞台を早くから計画していた。十月革命二十周年を記念するのにこれ程相応しい芝居はない。物語はオストロフスキイ自身の体験に基づいているし、私も作者とは亡くなるまでの数ヶ月間を親しく交わることができた。これが出来れば、また新しい革命的な芝居の誕生になったはずだ。クライマックスはこうだ。主人公のパーフカが鉄道建設へと仲間を仕事に誘う場面、寒さと雨の中現場に出ようとする者など皆無だ。さんざん言葉を弄しても無駄だと悟ったパーフカは飯場の薄暗がりの中でゆっくり踊り始める。音楽もない。歌を口ずさむでもなく、ただひたすら踊る。やがて、誰かが寝床の板を叩いて拍子をとり出す。若者たちが起きてくる。叩く音も大きくなってくる。

踊り出す若者もあっという間に多くなる。太鼓が加わる。サーチライトの光が照らす。まるで飯場の心臓から響き出すように、古い革命歌が聞こえてくる。その歌が次第に大きく強く広がって響く。そして、若者たちは作業の道具を手に仕事へと出て行く……。この芝居の下検分が革命記念祭の直前に行われたが、概ね了承された。ところが、二週間後、革命事業委員会委員長のケルジェンツェフばかりか、前回盛んに誉めそやしていた委員たちまでが揃って激しい批判を浴びせた。誰が見ても革命的で社会主義リアリズムにも則ったこの芝居が成功することを阻む決定がなされたのだろうと、私の周りで人々は怖れた。いや、まだまだ大丈夫だ、私には新しい劇場が用意されている、と私は言った。だが、その直後だ。ソビエトのレパートリーを持たない唯一の劇団と名指しされたのは！　今立ち上げよう、生まれ出よう、としているレパートリーを潰し、それを人々の目から隠し、そのことをもって非難する！　これ程の悪意、これ程の陥穽、罠があろうか！

突然、轟音がして、記者たち見学の集団は逃げ散らばる。

一人取り残されたメイエルホリドに向かって建築中の鉄材が倒れかかる。四方八方から、それらが襲いかかる。

遂に、彼は鉄材の囲みに捉えられる。

動揺が収まった時、メイエルホリドは鉄に閉ざされた監獄の中にいた。

コロスの長　一九三九年六月二十日、メイエルホリドは逮捕された。全ソ演出家会議で冒頭の演説をした五日後である。その前年の初めメイエルホリド劇場は閉鎖され、仕事を失った彼を自分のオペラ劇場に招いたのはスタニスラフスキイだった。だが、まもなく彼も他界、公然たる擁護者はいなくなっていた。そして、メイエルホリドが逮捕されて二週間後、一九三九年七月三日―その日は、ジナイーダ・ライヒの四十五歳の誕生日だった。

（7）

メイエルホリドとジナイーダの住い。
ジナイーダが手紙を書いている。
ドアをノックする音。お手伝いのリューダがドアを開く。
若い男の訪問者が二人。入ってくる。

男A　お誕生日おめでとうございます。
ジナイーダ　あら、どちら様でしょう？
男B　私たち共通の知人から渡すよう頼まれたのです。
男Bが花束を渡し、男Aが大きな封筒を差し出す。

ジナイーダ　手紙？　もしかして、メイエルホリドからでしょうか？

男Ａ　いいえ、そうではありません。ですが、先ずはお読み下さい。

ジナイーダ、訝しげながらも、受け取る。

男Ｂ　お客様が詰めかけていらっしゃるかと……。

ジナイーダ　あの人が逮捕されてからは、誰も来ません。

吐き捨てるように言いつつ、封筒の中身を読む。

ジナイーダ　これは全ソ演出者会議でのあの人の発言ね。「モスクワの劇場に行ってみたまえ。創造性を喪失した無能で陰鬱なものばかりだ……諸君は恐ろしいことをしている……汚水を捨てようとして、赤ん坊まで流してしまっている」……。

男Ａ　ジナイーダ・ニコラエブナ、この発言を当局は野放しに出来ません。でも、懺悔をし許しを乞うチャンスは残っています。そのために、私たちは来たのです。

ジナイーダ　あなたたちは一体誰？

男Ｂ　そのことは重要ではありません。重要なのは、私たちがあなたとあなたの夫を助けるために来たことです。捜査の手が入る前に、ダメージになりそうな書類を集めておいてください。一週間後にまた来ますから。そして、お望みの所へ私たちが運びますから。では、今日は失礼します。私たちの訪問が最高のプレゼントだと思ってください。

男A　もう一度、お誕生日おめでとう。

立ち去る二人の男。

思案に暮れるジナイーダ。

（8）

監房。眠っているメイエルホリド。

看守の足音だけが響き渡る。

突然の大声。悪夢に魘されたか、それはメイエルホリドから発せられた。飛び起きる。大きな息を吐く。ようやく、暗闇に向かって、語りかける。

メイエルホリド　オリガと娘たち、肩身の狭い思いをしてはいまいか……。
その声に呼び覚まされたかのように、幻影の如く、三人の女が現われる。糟糠の妻であったオリガと次女のタチアナ、その娘のマリアだ。彼女たちとメイエルホリドの視線は微妙に行き違って、むしろ互いに暗闇に向かって語る面持ち。

メイエルホリド　マリア、また一段と娘らしくなったな。孫娘がもうそろそろ一人前の女になろうっていうんだから、私も爺さんのはずだ。校長先生君、学校の方は？　大丈夫かい？

タチアナ　お父さんはご自分のことだけ考えて。私たちは大丈夫……。

メイエルホリド　オリガ………、からだの具合はどうだ？　君にはただでさえ心労をかけてしまったのに……。

オリガ　今さら、あなたらしくないこと言わないで。この二人が、必死で、あなたの居場所を摑もうと、出来れば差し入れを渡そうと、当局の窓口に通い詰めているわ。

マリア　まだ、成功していないけど……。わたし、ジナイーダおばさんとこのタチアーナとも一緒に動いているの。

　ジナイーダの名前が出て、娘をたしなめようとするタチアナをオリガが制する。

マリア　（天真爛漫に）わたし、昨日、ジナイーダおばさんの所へ行ったわ。スターリンに手紙書いたって、とても興奮してた。私にも書くように勧めるの。十五歳のあなただから、もしかしてって……。

メイエルホリド　（独白）そうか、まだ逮捕されていなかったか。

オリガ　あなたの書き残した原稿、押収されちゃいけないと思って、託すべき人を探したんだけど、監視の目を懼れて誰も引き受け手が見つからなかった。諦めようかと思ってたら、承知してくれる人が出てきたの。誰だと思う？　エイゼンシテインよ。

メイエルホリド　エイゼンシテインか……。

マリア　ショスタコーヴィチのおじさんも、おじいちゃんの話をしたら、私の前で頭を抱えて涙を堪えてたけど、とうとう声を出して泣き出しちゃった。
メイエルホリド　ああ、ショスタコーヴィチ……。
オリガ　あなたには敵も多かったけど、替えがたい味方がいるわ。今じゃ、その先頭に、私たちのあどけない天使だったマリアがいるの。

三人の影が薄くなっていく。

マリア　おじいちゃん！　私の愛するフセーヴォロト・エミーリエヴィチ！

声の余韻だけが残って——。

メイエルホリド　ああ、お前たち、ああ。

追いかけようとして、鉄格子に遮られる。
その鉄格子を摑むと、再び力を取り戻し、

メイエルホリド　ジナイーダ、私を救うために下手に動くな！　下手に動くと、君も逮捕されかねない。人民芸術家などという称号など何の役にも立たなかった。権力は与えかつ奪う……エイゼンシテイン、君はまだ、私を師匠呼ばわりしているようだが、もう言うな。『戦艦ポチヨムキン』以降あれ程栄光の頂点を極めた君だが、スターリンは君の『十月』からトロツキイの場面を切れと迫った、今度の作品も潰された、と聞いた。だが、焦るな。焦れば、かえって付け込まれる。ショスタコーヴィチ、君の苦闘もしばらくは続くだろう。初演時に賞賛された『ムツェンスク郡のマクベス夫人』も、今や槍玉に上げられている。私も、辛い。だが、早まるな。私がいい見本だ。『スペードの女王』のゲルマンは、何てことはない、この私だった。私はエースを握っていると思っていた。だが、握らされていたのは、スペードの女王だった……。

（9）

メイエルホリドとジナイーダの住い。
一九三九年七月十四日。ノックの音。
ジナイーダ、ドアの所に向う。

男Bの声　先日伺った二人です。大事なものを預かりに来ました。

ジナイーダ、ドアを開ける。
入ってくる二人の男の灰色のズボンだけが見える。上半身は陰になって見えない。
後退りするジナイーダ。追いかけるように二人、振りかざした刃物でめった刺し。
悲鳴を上げて倒れるジナイーダ。

刺客たち、事を終えると、机の上に積まれている書類の束を鞄に詰め、ドアの外に出るや、看守に早替わり。

（10）

一転、独房のメイエルホリドを襲う。

二人がかりでゴム棒で殴られ這いつくばったところを、さらに鞭打たれる犬のように、徹底的な拷問を受けるメイエルホリド。

ゆっくりと溶暗するなかで、その音響だけが凄まじく耳を打つ。

（11）

モスクワ、ブティルギ監獄。監房から庭。

一九四〇年二月二日。

心身共に消耗し尽くしたメイエルホリドのもとに、獄卒たち来る。殆ど自力では立ち上がることもできないメイエルホリドに手錠を掛け、両脇から抱え込み連れ出す。やがて、メイエルホリド、呻きを洩らすように声を発していく。

メイエルホリド　私の供述は偽りである。六十六歳の、しかも心臓発作とヒステリー発作で十歳程もやつれた老人に対し、取調べの間中耐え難い肉体的精神的弾圧が加えられたために、私は嘘をついた。さらに、予審官が、その虚偽を誇張した新たな嘘を勝手に付け加えた。あらゆる自制力を失い意識も朦朧とした私は、差し出される書類すべてに署名した。これら強制された偽証を私は拒否する。私はかつて反逆者になどなったことはない。私はかつていかなる陰謀組織にも参加したことはない。ましてや、どこかの国のスパイなどと……。

獄卒たち、正面奥の杭の所へ連れてくると、メイエルホリドの両手を後ろに回し縛り付ける。

メイエルホリド　（声を高めて）私を反革命の名によって裁くな！　ましてや、あろうことか、スパイ容疑などをでっち上げて裁くな！　国境を越えて入国したという日本人の演出家と女優が私と通じるスパイだとして抑留されていると聞く。私には全くあずかり知らぬことだ。私の知っている日本人はかつて華麗で刺激的な舞台を見せてくれたあのサダヤッコ以外にいない！それも客席から一観客として見ただけだ。

獄卒たち、メイエルホリドに目隠しをして立ち退く。

メイエルホリド　（さらに力強く）私を裁くなら、演劇の名において裁け！　ならば、私はどんな罪、どんな罰でも甘んじて受けよう！　私が四十年余を一途に生きてきた舞台の、どこが演劇それ自体にとってマイナスであったのか。はたして、私は演劇を先に進めることはあっても、後退させたことがあったろうか。

メイエルホリド　観終わった人々の罵声を浴びたことがないとは言わない。いや、（背後から右手を出し、勘定してみる。かなりの指を折ることになる）まあ、かなりは……あった。（と、誤魔化すが、今度は縛られているはずの右手を出したことに気づき、慌てて後ろに戻す）しかし、それは同時に、新たな賞賛に変わるものであったはずだ。非難に倍する拍手の嵐に……。

メイエルホリド　いや、あえて言おう。私の芝居自体が面白くもない、ただの愚劣でドブに捨てられるべきもので、その張本人たる私を罰すべきだとするなら、私は喜んで、とまでは言わないまでも、その審判を受け入れる。だが、私を耐えがたい拷問の淵に沈め、必死に溺れまいとして辛うじて息を吐くようにして吐いたウソにすぎない、自白という名のウソ——そのウソによって、私を裁くな。私を裁くなら、あくまでも演劇の名において、その名においてのみ、裁け！　ならば、私はどんな罪、どんな罰でも、甘んじて受けよう！（殆ど絶叫）私を裁くなら、あくまでも演劇の名において、裁け！　演劇の名においてのみ！

言い終わるか終らぬうちに、銃声——。そして、数発——。息絶えるメイエルホリド。

幕（——あるいは暗転しばし）。

観客の拍手に応じ、カーテンコール風に、
再び、幕上ると（——あるいは明るくなり）、
メイエルホリドの遺体を掲げて、すべての登場人物が舞台前面に進んでくる。

コロスの長　一九五五年、曲がりなりにも、メイエルホリドの名誉は回復されたが、本物の復権はソビエト共産主義の解体を待たねばならなかった。そして、今こそ、メイエルホリドは現代に生き返った！

と同時に、メイエルホリド、人々の手から舞台に降り立ち、文字通りのカーテンコールに応える。
そして、全員によるビオメハニカ。
全開！

〈完〉

あとがき

メイエルホリドという名がいつ私の中に巣食ったか定かでない。

都会に出てきて一気に拡がった映画の宝庫へ通いつめた大学一年が過ぎ、〈良き鑑賞者たるよりも悪しき実作者たれ〉と映画のプロフェッショナルになることを決意した私は、将来のプロたるもの映画研究会などに属するも沽券に関わるとばかり妙な理屈を捏ね、折りしも発足したギリシャ悲劇研究会に飛び込んでいく。ギリ研は復元上演を目指すというのが何よりの魅力だった。そして、日比谷の野外音楽堂で上演したソポクレースの『オイディプース』と『アンティゴネー』。演劇への新たな関心の中で、メイエルホリドの名は胚胎したか、むしろ否である。

そして、六〇年安保の年に入った撮影所での疾風怒濤の助監督時代。監督になることすら絶望視せざるを得ない闘争の渦中にあって、撮らずしてなお作家であることを身に律しなければならぬ日々、ロシア革命や政治と文学、映画、演劇、その範疇の中で、メイエルホリドの名に触れたであろうことは間違いない。だが、それはまだ一過性の類いであっただろう。

遂に拓けた監督の道。だが、その後もまた平坦ではなかった。その紆余曲折は言うまい。ただ、少なくとも、私の出発は、撮影所の良心とされる既成の自然主義的リアリズムへの拒否からだった。そのための過度の表現が、外連《けれん》に過ぎると批判もされた。(元来「外連《けれん》がない」という用語が誉め言葉であることに、私は常々疑義を持っている)。だからと言って、私はその元祖ともいえるメイエルホリドに援軍を求めたことはなかった。

確かなことは、一九九八年四月私の監督作品『プライド　運命の瞬間《とき》』の音楽録りのためにモスクワに滞在した折に、メイエルホリドに関するロシア語の原典を買い求めたことだ。ただひたすらメイエルホリドのみを求めていた。

結局、それらは繙かれることなく、ほぼ十年積んで置かれた。映画の製作が順調に進まぬ中、むしろそれを僥倖に変えんとの思いで取組んだのが、この劇である。

メイエルホリドを書くならば、当然「劇」でなければならない。演劇とは何であるか、を終生問い続けた彼なればこそ、この劇もまたその本質的問いを発するものでなければならない。そして、そのためには先ず上演しなければならない。私自身の演出で!

その思いから、この劇の上演の可能性について、二人の先達に尋ねた。一人は大学(ギリ研も)以来の畏友、イプセンの毛利三彌、もう一人は、かつて私を芸術座に呼んで、「奇跡の人」(市原悦子のサリバン、荻野目慶子のヘレン)を演出させてくれた現在の東宝専務増田憲義、の両氏である。両氏は、それぞれに劇内容にも言及し率直な感想を述べた上で、共通して上演はそう簡単でないことを語ってくれた。

長期戦で上演の可能性を探るためにも先ずは本にしておこうと、さらに改訂や推敲を加え、私の処女本を発行してくれたコンビ、映画演劇プロデューサー・批評家の小野沢稔彦、れんが書房新社の鈴木誠、両氏に相談したところ、このように望外の結果を得た。
以上の四氏に深甚なる感謝を捧ぐと共に、
引用及び参考文献に記した先学の諸氏並びに様々な形で私を支持支援してくださる方々に心からの御礼を申し上げたい。

伊藤俊也

二〇〇九年四月

［引用及び主要参考文献］

『メイエルホリド　コレクション』浦雅春・桑野隆他訳（作品社）
『メイエルホリドの全体像』エドワード・ブローン／浦雅春訳（晶文社）
『暗き天才―メイエルホリド』ユーリー・エラーギン／青山太郎訳（みすず書房）
『メイエルホリド　粛清と名誉回復』佐藤恭子訳（岩波書店）
『メイエルホリド』佐藤恭子（早川書房）
『ロシア・アヴァンギャルド・テアトルⅠ・Ⅱ』浦雅春・武隈喜一・岩田豊編（国書刊行会）、特に所載の
「ミステリア・ブッフ」亀山郁夫訳
『マヤコフスキー選集Ⅰ・Ⅱ・Ⅲ』小笠原豊樹・関根弘訳（飯塚書店）、（「南京虫」「風呂」等）
『レールモントフ選集Ⅰ・Ⅱ』池田健太郎・草鹿外吉共編（光和堂）、（「仮面舞踏会」岡林茱萸訳）
『オセロー』W・シェイクスピア／小田島雄志訳（白水社）
『かもめ』（全集より）A・チェーホフ／松下裕訳（中央公論社）
『ヘッダ・ガブラー』（戯曲選集より）H・イプセン／毛利三彌訳（東海大学出版会）
『見世物小屋』A・ブローク／八住利雄訳（『世界戯曲全集26』同刊行会）
『堂々たるコキュ』F・クロムランク／岸田國士訳（『近代劇全集21』第一書房）
『委任状』N・エルドマン／八住利雄訳（『世界戯曲全集27』同刊行会）
『スペードの女王』原作A・S・プーシキン（音楽P・I・チャイコフスキー）オペラDVDより

『芸術におけるわが生涯（全三巻）』スタニスラフスキー／蔵原惟人・江川卓訳（岩波文庫）
『スタニスラフスキー伝』ジーン・ベネディティ／高山図南雄・高橋英子訳（晶文社）
『チェーホフ伝』アンリ・トロワイヤ／村上香住子訳（中央公論社）
『チェーホフの風景』ペーター・ウルバン編／谷川道子訳（文芸春秋社）
『ショスタコーヴィチの証言』S・ヴォルコフ編／水野忠夫訳（中央公論社）
『ショスタコーヴィチ（作曲家・人と作品）』千葉潤（音楽之友社）
『破滅のマヤコフスキー』亀山郁夫（筑摩書房）
『磔のロシア　スターリンと芸術家たち』亀山郁夫（岩波書店）
『大審問官スターリン』亀山郁夫（小学館）
『きみの出番だ、同志モーゼル　詩人マヤコフスキーの死の謎』ワレンチン・スコリャーチン／小笠原豊樹訳（草思社）
『VSEVOLOD MEYERHOLD』Jonathan Pitches（Routledge 2003）
『МЕЙЕРХОЛЬД СЕРИЯ <ЖИЗНЬ В ИСКУССТВЕ>』К. РУДНИЦКИЙ（Издательство <Искусство>）
『МЕЙЕРХОЛЬД（MEYERHOLD & SET DESIGNERS LIFELONG SEARCH）』（МОСКВА ГАЛАРТ 1995）
『RUSSIAN&SOVIET THEATRE Tradition&Avant. Garde』Konstantin. Rudnitsky（Thames and Hudson）
その他、ロシア・ソ連邦史、革命史関連文献、スタニスラフスキー及びモスクワ芸術座関連文献。
また、インターネット上の各種記事。

伊藤俊也（いとう・しゅんや）

1937年、福井市生まれ。

1960年、東京大学文学部美学科卒業。映画監督。

主要監督作品　『女囚701号・さそり』、『女囚さそり・第41雑居房』、『女囚さそり・けもの部屋』、『犬神の悪霊』、『誘拐報道』、『白蛇抄』、『花園の迷宮』、『風の又三郎　ガラスのマント』、『美空ひばり物語』（TV）、『白旗の少女』（TV）、『ルパン三世　くたばれ！ノストラダムス』、『鬼麿斬人剣』（TV）、『プライド　運命の瞬間』、『映画監督ってなんだ！』（日本映画監督協会創立70周年記念映画）

著　書　『幻の「スタヂオ通信」へ』（1978年、れんが書房新社）『偽日本国』（小説、2001年、幻冬舎）

メイエルホリドな、余りにメイエルホリドな

発行日＊2009年5月20日　初版発行

＊

著　者＊伊藤俊也

装丁者＊狭山トオル

発行者＊鈴木　誠

発行所＊㈱れんが書房新社

〒160-0008　東京都新宿区三栄町10　日鉄四谷コーポ106

TEL03-3358-7531　FAX03-3358-7532　振替00170-4-130349

印刷所＊三秀舎

製本所＊青木製本

 ISBN978-4-8462-0346-7 C0093